李天綱　主編

浦東歷代要籍選刊編纂委員會

上海市浦東新區地方志辦公室

編

陸明揚集

［明］陸明揚　著

孫幼莉　整理

復旦大學出版社

圖書在版編目（CIP）數據

陸明揚集/（明）陸明揚著；孫幼莉整理．—上海：復旦大學出版社，2023. 3（2023. 7重印）
（浦東歷代要籍選刊/李天綱主編）
ISBN 978-7-309-16695-8

Ⅰ．①陸…　Ⅱ．①陸…　②孫…　Ⅲ．①中國文學—古典文學—作品綜合集—明代　Ⅳ．①I214.82

中國國家版本館CIP數據核字（2023）第019563號

陸明揚集

（明）陸明揚　著　孫幼莉　整理

出版發行　復旦大學出版社
上海市國權路五七九號　郵編：二〇〇四三三
八六—二一—六五一〇二五八〇（門市零售）
八六—二一—六五一〇四五〇五（團體訂購）
八六—二一—六五六四二八四五（出版部電話）
fupnet@fudanpress.com　http://www.fudanpress.com

責任編輯　胡欣軒

印　　刷　上海盛通時代印刷有限公司
開　　本　八九〇×一二四〇　三十二分之一
印　　張　四點七五
字　　數　九一千
版　　次　二〇二三年三月第一版
印　　次　二〇二三年七月第一版第二次印刷

書　　號　ISBN 978-7-309-16695-8/I·1349
定　　價　陸拾圓

紫薇堂集叙

紫薇堂集者則曩時同社故人襟玄公所著也公才[illegible]坎坷精研制舉才堪經世遇阨登朝需次選人僅[illegible]吾黨嘆文位不齊者莫公若也而公之兼長則又在古文詞枕籍經史不妨與寒士爭勞抽騁秘研直可使詞人寡和使吾黨重文人慧業者又莫公若也乃公賦玉樓已如千年所而令嗣手上今集乞余一言以為壽梓地余反覆披閱益不勝慨慕焉數十年不見公之面而幸見公之集

北京圖書館藏清抄本《紫薇堂集》書影（一）

紫薇堂集目録

明雲間陸明揚襟玄父著

卷一詩

北京圖書館藏清抄本《紫薇堂集》書影（二）

浦東歷代要籍選刊　編纂委員會

總序

葛劍雄

改革開放以來，浦東以新區的設立和其日新月異的發展面貌聞名於世，而此前還只是一個附屬於上海的地名。但這並不等於浦東的歷史是從二十世紀九十年代纔開始的，更不意味着此前的浦東没有自己的文化積累。

由於今上海市一帶至遲在西元十世紀已將河流稱之爲「浦」，如使上海得名的那條河即爲上海浦，一條河的東面就能被稱之爲「浦東」。因而「浦東」可以不止一個，但只有其中依託於比較大的、重要的「浦」而得名的「浦東」，方能成爲一個專用地名，并且能長期使用和流傳。這個「浦」自然非黄浦莫屬。

廣義的浦東是指黄浦江以東的地域，自然得名于黄浦江形成之後，但在兩千多年前的秦漢時期已經開始成陸，此後不斷擴大。黄浦這一名稱始見於南宋紹興二十八年（一一五八），是指吴淞江南岸的一條曾被稱爲東江的支流。此後河面漸寬，到明初已被稱爲大黄浦。永樂年間經夏元吉疏浚，黄浦水道折向西北，在今吴淞口流入長江。正德十六年（一五二一），經疏浚後的吴淞江下游河道流入黄浦，此後，原在黄浦以東的吴淞江故道逐漸堙没，吴淞江成爲黄浦的支流，而黄浦成了上海地區最大河流。

南宋以降，相當於此後黄浦以東地屬兩浙路華亭縣。元至元二十九年（一二九二）析華亭縣置上海縣，此地大部改屬上海縣，南部仍屬華亭縣，北部一小塊自南宋嘉定十五年（一二二七）起屬嘉定縣。在明代黄浦下游河道形成後，黄浦以東地區的隸屬關係並無變化。清雍正三年（一七二五）寶山縣設立，黄浦東原屬嘉定縣的北端改屬寶山。雍正四年，黄浦以東地區的大部分設置了奉賢縣和南匯縣。嘉慶十五年（一八一〇），以上海縣東部濱海和南匯北部置川沙撫民廳（簡稱川沙廳），民國元年（一九一二）建川沙縣。但上海縣的轄境始終有一塊在黄浦之東，寶山縣也有一小塊轄境處於高橋以西至黄浦以東，故狹義的浦東往往專指這兩處。

一八四三年上海開埠後，租界與華界逐漸連成一片，形成大都市。一九二七年上海設特别市，至一九三〇年改上海市，其轄境均包括黄浦江以東部分，一般所稱浦東即此。一九五八年至一九六一年一度設縣，即以浦東爲名。川沙、南匯二縣雖屬江蘇，但與上海市區關係密切，故仍被視爲浦東，或稱浦東川沙、浦東南匯。一九五八年二縣由江蘇劃歸上海市後更是如此。

改革開放後，浦東新區於一九九二年成立，轄有南市、黄浦、楊浦三區黄浦江以東地、上海縣三林鄉，川沙縣撤銷後全部併入。至二〇〇九年五月，南匯區也撤銷併入浦東新區，則浦東已臻名實相符。

故浦東雖仍有上海市域最年輕的土地，且每年續有增加，但其歷史文化仍可追溯一千多年。特别是上海建鎮、設縣以後，浦東地屬江南富裕地區，經濟發達，文教昌隆，自宋至清産生進士一百多名以及衆多舉人、貢生和秀才，留下大量著作和詩文。上海開埠和設市後，浦東作爲都市近鄰，頗得風氣之先，出現了具有全國影響的人物和著作。

據專家調查，浦東地區一九三七年前的人物傳世著作共有一千三百八十九種，其中收入四庫全書者十二種，列入四庫全書存目者十餘種，在小説、詩文、經學和醫學中均不乏一流作品。但其中部分已成孤本秘笈，本地久無收藏。大多問世後迄未再版，有失傳之虞。由於長期未進行搜集匯總，專業研究人員也難窺全貌，公衆不易查閲瞭解，外界更鮮爲人知。

浦東新區政府珍惜本地歷史文化，重視文化建設，滿足公衆精神需求，支持政協委員提案，決定由新區政協文史資料委員會和地方志辦公室聯合編纂浦東歷代要籍選刊。計劃以至少三年時間，選取整理宋代至民國初年浦東人著作一百種，近千萬字，分數十册出版。此舉不僅使浦東鄉邦文獻得以永續傳承，也使新老浦東人得以瞭解本地歷史和傳統文化，並使世人更全面認識浦東新區，理解浦東實施改革開放的内因和前景。

長期以來，流傳着西方人的到來使上海從一個小漁村變成了大都會的錯誤説法，完全掩蓋了此前上海由一聚落而成大鎮、由鎮而縣、由縣而設置國家江海關的歷史。這固然是外人蓄意誤導的結果，也是本地人對自己的歷史和文化瞭解不夠、傳播更少所致。浦東自改革開放以來，外界也往往只見其高新技術産品密集於昔日農舍田疇，巨型建築崛起於荒野灘塗，而忽視了此前已存在的千年歷史和鬱鬱人文。況新浦東人不少來自外地和海外，又多科研、理工、財經、企管、行政專業人士，使他們全面深入瞭解浦東的歷史文化，更具現實和長遠的意義。

我自浦西移居浦東十餘年，目睹發展巨變，享受優美環境，今又躬逢浦東歷代要籍選刊編纂出版之盛事，曷其幸哉！是爲序。

二〇一四年六月於浦東康橋寓所

主編序

李天綱

地名：浦東之淵源

「浦東」，現在作爲一個「開發區」的概念，留在世人的印象中。一九九〇年代，「浦東」是國內外媒體上出現頻率最高的詞之一。一九九三年一月成立上海市政府直屬地方銀行，以「浦東發展銀行」命名，可見當代「浦東」之於上海的重要性。一九九二年十月，上海市政府執行國家「浦東開發」戰略，以川沙縣全境爲主體，將上海縣位於浦東的三林鄉，當年曾劃歸楊浦、黄浦、南市等市區管理的「浦東」部分合併，設立「浦東新區」。二〇〇九年，上海市政府又決定將地處黄浦江以東的南匯區（縣）全境劃入，成爲一個轄境一千四百二十九點六七平方公里的副省級行政單位，高於上海的一般區縣。「浦東」，作爲一個獨立的行政區劃概念，以强勢的面貌，出現於當代，爲世界矚目。

「浦東」一詞出現得晚，但絕不是没有來歷。浦東和古老的上海、松江以及江南一起發展，已經有了上千年的歷史。固然，浦東新區全境都在三千年前形成的古岡身帶以東，所有陸地都是由長江、錢塘江攜帶的泥沙，與東海海潮的沖頂推湧，在唐代以後才形成的。上海博物館的考古隊，没有在浦東地區找到明以前的豪華墓葬。但是，這裏的土地、人物和歷史，與上海縣、松江府和江蘇省相聯繫，是江南地區吴越文明的繁衍與延伸。經過唐、宋時期的墾殖、開發和耕耘，浦東地區的經濟、社會和文化在明、清兩代登峰造極。川沙、周浦、横沔、新場這樣的鄉鎮日臻發達，絕非舊時的一句「斥鹵之地」所能輕視。

浦東新區由原屬上海市位於黄浦江東部的數縣，包括了川沙、南匯和上海縣部分鄉鎮重組而成。從行政統屬來看，浦東新區原屬各縣設立較晚。清代雍正四年（一七二六），從上海縣析出長人鄉，設立南匯縣；嘉慶十五年（一八一〇），由上海縣析出高昌鄉，南匯縣析出長人鄉，加上八、九兩團，合併設立川沙撫民廳，簡稱川沙廳。開埠以後，租界及鄰近地區合併發展，迅速成爲「大上海」，上海、寶山、川沙等縣份受「洋場」影響，捲入到現代都市圈。南匯縣則因爲離市區較遠，和川沙仍皆隸屬於江蘇省松江府。一九一一年，中華民國建立後，廢除州、府、廳建制，南匯縣歸江蘇省管轄，川沙廳改稱川沙縣，亦直屬江蘇省。一九二八年，國民政府在上海設立特別市，浦東地區原屬寶山、川沙縣的鄉鎮高橋、高行、陸行、洋涇、塘橋、楊思等劃入市區。一九三七年以後，日僞建立上海市大道政府、上海特別市政府，將川沙、南匯從江蘇省劃出，隸於「大上海市」。一九四五年抗戰勝利以後，國民政府恢復一九一一年建置，川沙、南匯仍然隸於江蘇省。一九五〇年，中華人民共和國公布省、市建置，以上海、寶山兩縣舊境設立上海直轄市。浦東地區的川沙、南匯兩縣，歸由江蘇省松江專員行政公署管轄。一九五八年十月，中華人民共和國國務院將浦東的川沙、南匯兩縣，及江蘇省所轄松江、青浦、奉賢、金山、崇明等五縣一起，併入上海市直轄市。此前，一九五八年一月，江蘇省嘉定縣已先期劃歸上海市管理。

「浦東新區」之前，已經有過用「浦東」命名的行政區劃，此即一九五八年到一九六一年設置的「浦東縣」。一九五八年，爲「大躍進」發展的需要，上海市政府在原川沙縣西北臨近黃浦江地區，設立「浦東縣」，躍躍欲試地要跨江發展，開發浦東。「浦東縣」政府設在浦東南路，轄高橋、洋涇、楊思三個鎮，共十一個公社，六個街道。一九六一年一月，因工業化遭遇重大挫折，上海市政府在「三年自然災害」中撤銷了「浦東縣」，把東部農業型「東郊」區域的洋涇、楊思、高橋等鄉鎮，劃歸川沙縣管理。沿黃浦江的「東昌」狹長工業地帶，則由對岸的老市區楊浦區、黃浦區、南市區接手管轄。「浦東縣」在上海歷史上雖然只存在了三年，卻顯示了上海人的一貫志向。即使在一九五〇年代的極端困難條件下，仍然懷揣著「開發浦東」的百年夢想，只要有機會，就想幹一下。

現代的「大上海」，原來是從上海、寶山兩縣的土地上生長起來的。明代以前，上海、寶山仍以吴淞江（後稱「蘇州河」）劃界。吴淞江以北的「淞北」，屬寶山縣；吴淞江以南的「淞南」，屬上海縣。吴淞江是松江府之源，「松江」，原名就是「淞江」，「府因以名」。按明正德松江府志的説法，「吴淞江，後以水災，去水從松，亦曰松陵江」。水克火，木生火，「淞江」去「水」，從「木」爲「松江」，上海果然「火」了。清代以前，上海士人寫的方志、筆記、小説，以及他們的堂號室名，都用「吴淞」、「淞南」作爲郡望。一六〇七年，徐光啓和利瑪竇合譯幾何原本，在北京刊刻，便是署名「泰西利瑪竇口譯，吴淞徐光啓筆受」，自稱「吴淞」人。另外，清嘉慶年間上海南匯人楊光輔編淞南樂府，光緒年間南匯人黄式權編淞南夢影録，昆山寓滬文人王韜（一八二八—一八九七）作淞隱漫録、淞濱瑣話，採用「淞南」、「吴淞」之名説上海，可見明、清文人學士，都用吴淞江作爲上海的標誌。吴淞江是上海的母親河，而「黄浦江是母親河」，只是一九八〇年代以後冒出的無知説法。

明、清時期的黄浦是一條大河，卻不是首要的幹流。方志裏的「水道圖」，都把「吴淞江」置於「黄浦」之前。「黄浦」，一説「黄歇浦」的簡稱，僅是一「浦」，並不稱「江」。在上海方言中，「浦」大於河，小於江，如周浦、桃浦、月浦、上海浦、下海浦……黄浦流經太湖流域，水流較清，經閔行、烏泥涇、龍華等鎮，匯入吴淞江。吴淞江受到長江泥沙的影響，水流較濁，淤泥沉澱，元代以後逐漸堰塞。於是，原來較爲窄小的黄浦不斷受流，成爲松江府「南境巨川」。明代永樂元年（一四〇三），上海人葉宗行建議開鑿范家浜，引黄浦水入吴淞江，共赴長江。從此，江浦合流，黄浦佔用了吴淞江下游河道。黄浦江的受水量和徑流量，大約在明代已經超過吴淞江了。但是在人們的觀念中，黄浦江仍然没有吴淞江重要，經濟、交通和人文價值還不及後者。康熙上海縣志的「水道圖」，仍然把吴淞江和黄浦畫得一樣寬大。從地名遺跡來看，地處吴淞江下游的「江灣」，並非黄浦之灣，而是吴淞江之灣。同理，今天黄浦江的入口，並不稱爲「黄浦口」，依然是「吴淞口」。

黄浦江以東地區在唐代成陸，大規模的土地開發則是在宋代開始，於明代興盛。宋、元兩代，浦東地區産業以鹽田爲主，是屬華亭縣的「下砂鹽場」。從南匯的杭州灣，到川沙的長江口，「大團」到「九團」一字排開，團中間還有各「竈」的開設。聯繫各「竈」，設立爲「場」，爲當年的曬鹽場，「大團」、「六竈」、「新場」的地名沿用至今。隨著海水不斷退卻，海岸不斷東移，鹽業衰落，明代以後浦東地區便繼之以大規模的圍海造田、農業墾殖。早期的浦東開發，在泥濘中築堤、圍墾、挖河、開渠、種植，異常艱辛。爲了鼓勵浦東開發，元代至元年間的松江知府張之翰向中央申請減税，他描寫浦東人的苦惱，詩曰：「黄浦春風正怒號，扁舟一葉渡驚濤；諸君來問民間苦，何用潮頭幾丈高。」算是一位瞭解民間疾苦，懂得讓利培本的地方官。

隨著浦東的早期開發，以及浦東人的財富積累，「浦東」以獨特的形象登上了歷史舞臺。「黄浦江」的概念在清末變得重要起來，上海人的地理觀念由此也經歷了從「淞南—淞北」到「浦東—浦西」的轉變。至晚在明中葉，「浦東」一詞已經在上海人的日常生活中使用。萬曆上海縣志載：「由閘江而下，若鹽鐵塘、沈家莊，若周浦，若三林塘，若楊淄樓，此爲浦東之水也。」「閘江」，即後之「閘港」，在南匯境内；「鹽鐵塘」、「沈家莊」，今天已不傳，地域在南匯、川沙交界處；「周浦」、「三林塘」在川沙境内；「楊淄樓」在今「楊家渡」附近。「浦東」，顧名思義是東海之内、黄浦以東的廣大地區，是泛稱，非確指。明清時，因爲黄浦到楊樹浦、周家嘴匯入吴淞江，故「浦東」只指南匯、川沙地區，還没有包括當時在吴淞江對岸、屬寶山縣的高橋地區。歷史上的「浦東」一詞，只是方位，並非地名。同治上海縣志卷首「上海縣南境水道圖」中解釋：「是圖南起黄浦中界蒲匯塘，而浦東、西之支水在南境者並屬焉。」這裏的「浦東」，仍然僅僅是指示方位。通觀清代文獻，「浦東」一詞並没有作爲地名，在自然地理、行政地理的敍述中使用。

時至清末，「黄浦」的重要性終於超過「吴淞江」，同治上海縣志説：「（松江）一郡之要害在上海，上海之要害在黄浦，黄浦之要害在吴淞所。」黄浦取得了地理上的重要性，主要是它成爲中外貿易的要道，近代上海是從黄浦江上崛起的。一八四三年，上海開埠以後，華界的南市（十六鋪）和英租界（外灘）、法租界（洋涇浜）、美租界（虹口）連爲一體，在幾十年間迅速崛起，這一段河道，只屬於黃浦，不屬於吴淞江。更致命的是，一八四八年上海道臺麟桂和英國領事阿禮國修訂上海租地章程的時候，英語中把「吴淞江」翻譯成了「蘇州河」(Soo Choo River)，作爲英租界的北界。「蘇州河」以外灘爲終點，從此以後，吴淞江下游包括提籃橋、楊樹浦、軍工路、吴淞鎮的岸線，在現代上海人的心目中就專屬「黃浦」，「黃浦」由此升格爲「黃浦江」。囊括上海、寶山、川沙三縣的「大上海」，也正式地分爲「浦東」和「浦西」。「後殖民理論」的批評者，可以指責英國殖民者用「蘇州河」取代「吴淞江」，還捏造出一條「黃浦江」。但是，我們的解釋原理是既尊重歷史，也承認現實。從自然地理來看，原來用東西向的吴淞江，把上海分爲「淞南」、「淞北」，是一個局促的概念，確實不及用南北向的黃浦江分爲「浦西」、「浦東」更爲大氣與合理。地理上的重新區分，順應了上海的空間發展，以及上海人的觀念演化，更反映了上海的「近代化」。

認同：浦東之人文

浦東的地理，順著吴淞江、黃浦江東擴；浦東的人文，自然也是上海、寶山地區生活方式的延續與傳承。「開發浦東」是長江三角洲移民運動的結果。明清時期的上海，已經是一個移民導入地區，北方人、南方人來此營生的比比皆是。但是，當時的「浦東開發」，基本上是上海人民的自主行爲，具有主體性。四百多年前，歷史上最爲傑出的上海人徐光啓，就是浦東開發的先驅。徐光啓是上海城裏人，中國天主教會領袖，編農政全書，號召國人農墾。話説有一位姓張的北京人，是帝都裏最早的天主教徒，他「由利瑪竇手領洗，後來徐光啓領他到上海，在徐宅服務。不久，即在黄浦江邊墾種新漲出之地，因而居留焉」。京城的張姓移民，在徐光啓的幫助下站住脚跟，歸化爲上海人。徐光啓後裔徐宗澤在中國天主教傳教史概論中説，這塊灘地，就是現在浦東的「張家樓」。

元代黄巖人陶宗儀，因家鄉動亂，移民上海，「避兵三吴間，有田一廛，家於淞南，作勞之暇，每以筆墨自隨」，遂作南村輟耕録。松江府華亭（上海）一帶果然是逃避戰亂、修身養息、耕讀傳家的好地方。上海的一個神奇之處，就在於這一片魚米之鄉，還總有灘地從江邊、海邊生長出來，而且平坦肥沃，風調雨順，易於開墾。願意吃苦的本地人、外地人，都很容易在浦東獲得更多的土地，過上好日子。子孫繁衍，數代之後就成爲佔據了整村、整鎮的大家族。「朱、張、顧、陸」，史稱江東大族，浦東的衆姓分佈也是如此。南匯縣周浦鎮朱氏，以萬曆年間朱永泰一族的事跡最堪稱道。徐光啓没有及第之前，永泰曾請他來浦東教授自家私塾。徐光啓位居相位之後，召他兒子入京辦事，永泰居然婉拒。直到順治十六年（一六五九），永泰的孫子朱錦在南京一舉考取南榜「會元」，選爲庶吉士。朱錦秉承家風，「決意仕途，優游林下」（閲世編），淡泊利祿，不久就致仕回浦東，讀書自怡，專心著述。浦東士人，因爲生活優裕，方能富而好禮。

浦東張氏，舉新場鎮張元始家族爲例。張元始爲崇禎元年（一六二八）進士，曾爲户部侍郎。滿洲入侵的關頭，他回到松江、蘇州地區爲支用短缺的崇禎皇帝籌集軍餉，調運大批錢糧，北上抗清。東林黨争，他「彈劾不避權貴」（《閱世編》），「性方嚴，不妄交游，留心經濟」（《光緒南匯縣志》）。浦東籍的士人，多有耿直性格。浦東顧氏，舉合慶鎮顧彰爲例。江南顧氏，傳説是西漢封王顧余侯之後，川沙顧氏則是明代弘治十八年（一五〇五）狀元顧鼎臣家族傳人。顧鼎臣（一四七三—一五四〇），昆山人，位居禮部尚書，任武英殿大學士，明中葉以後家族繁衍，散佈在昆山、嘉定、寶山、川沙一帶。太平天國戰亂之後，江南經濟恢復，川沙人顧彰在村裏開設一家店鋪，額爲「顧合慶」。生意成功，周圍店家不斷開設，數年之内，幡招林立，成了市鎮，人稱「合慶鎮」。顧彰「開發浦東」有功，兩江總督端方請朝廷賞了顧彰的長子懿淵一個五品頭銜，顧彰的孫子占魁也被録取爲縣庠生。浦東陸氏，我們更可以舉出富有傳奇的陸深家族爲例。陸深（一四七七—一五四四），松江府上海縣人，高祖陸餘慶以上世居馬橋鎮，元季喪亂，曾祖德衡遷居到黄浦岸邊的洋涇鎮。這樣一户普通的陸姓人家，累三世之耕讀，到陸深時已經成爲浦東的文教之家。弘治十四年（一五〇一），陸家院内的一棵從不開花的牡丹，忽然開出百朵鮮花，當年陸深在南京鄉試中便一舉奪得「解元」。後來大名鼎鼎的昆山「狀元」顧鼎臣和陸深同榜，這次卻被他壓在下面。陸深點了翰林，做過國子監祭酒，也給嘉靖皇帝做過經筵講官，但接下來的官運卻遠遠不及顧鼎臣，只在山西、浙江、四川外放了幾次布政使。陸深去世後，嘉靖皇帝懷念上課時的快樂時光，也只給他加贈了一個「禮部侍郎」的副部級頭銜。不過，陸深給上海留下了一個大名頭：陸家宅邸、園林和墳塋地塊，在黃浦江和吴淞江的交界處，尖尖的一喙，清代以後，人稱「陸家嘴」。

浦東地區的南匯、川沙，原屬上海縣，這裏和江南的其他地區一樣，物産豐富，人物鼎盛，文教繁榮，産生了許許多多的世家大族。「朱、張、顧、陸」的繁衍，是浦東本地著名大姓的例子。事實上，外來移民只要肯融入上海，即使孤身一人，也能在浦東成家立業，樹立自己的家族。無錫華氏家族，元代末年有一位華嶽（字太行），因戰亂離散，來到上海，在浦東橫沔鎮蘇家入贅。按本地習俗，人稱爲「招女婿」，近似於「打工仔」。然而，華嶽一表人才，並不見外，奮身於鄉里，他「風姿英爽，遇事周詳，一鄉倚以爲重」（轉引自吴仁安明清時期上海地區著姓望族）。這位「引進人才」在蘇家積極工作，耕地開店，帶領全村發家致富，族人居然允許他自立門户，用華氏名義傳宗接代。乾隆初年，華氏子孫「增建市房，廛舍相望」（南匯縣志・疆域・邑鎮），這就是浦東名鎮「橫沔鎮」的起源。管窺蠡測，我們在浦東橫沔鎮華氏家族的復興故事中，看到了明、清時期上海社會接納外來移民的良性模式。寄居浦東，入籍上海，認同江南，融入本土社會，這是外來者成功的關鍵。「海納百川」，是上海本地人的博大胸襟；「融入本土」，則更應該是外來移民的必要自覺。浦東人講：「吃哪里嗒飯，做哪里嗒事體，講哪里嗒閒話。」熱愛鄉土，服務當地民衆福祉，維護地方文化認同，如天經地義一般重要。

南匯、川沙原來都屬於上海縣，清代雍正、嘉慶年間剛剛分别設邑，爲什麼會在清末就有一個和上海「浦西」相對應的「浦東人」的認同發生？這是值得思考的問題。「浦東人」，就是明、清時期的「上海人」，他們在近代歷史上形成了一個子認同（sub-identity）。二十世紀開始，「浦東人」和黄浦江對岸的「大上海」既有聯繫，又有分别，大致可以用文化理論中的「子認同」來描述。十九、二十世紀中，浦東的地方語言，和上海市區方言差距拉大；浦東的農耕生活，和市區的大工業、大商業有些不同。儘管朱其昂、張文虎、賈步緯、楊斯盛、陶桂松、李平書、黄炎培、葉惠鈞、穆藕初、杜月笙等一大批川沙、南匯籍人士活躍於上海，但是「浦東」是他們口中念念的家鄉，「上海」是他們心中一個異樣的「洋場」，因爲「大上海」的文化認同更加寬泛。

清末民初時期，占人口約百分之十的上海本地人，接納了約百分之九十的外地人、外國人，這裏熔鑄出一種新型的文化。「華洋雜居，五方雜處」，現代上海人的認同要素中，不但包括了蘇州、寧波、蘇北、廣東、福建、南京、杭州、安徽、山東人帶來的文化因數，還有很多英國、法國、美國、德國、日本的文化因數。「阿拉上海人」，是一個較大範圍的城市文化認同（identity）；「我伲浦東人」則是一個區域性的自我身份（status）。熟悉上海歷史的人都知道，兩者之間確有一些微妙的差異。但是，這種不同，互相補充，互爲激盪，屬於同一個文化整體。這種差異性，正說明上海文化的內部，自身也充滿了各種「多樣性」(diversity)，並非一個專制體。文化，是拿來欣賞的，不是用作統治的。上海的「新文化」，有過一種文化上的均勢，曾經對「五方」、「華洋」的不同文化加以欣賞。在這個過程中，浦東地區保存的本土傳統生活方式，是「大上海」的母體文化，支撐了一種新文明。無論浦東文化是如何迅速地變異和動盪，變得不像過去那樣傳統，但它卻真的曾以「壁立千仞，海納百川」的胸襟，接納過世界各地來的移民。它是上海近代文化(俗所謂「海派文化」)的淵源，我們應該加倍地尊重和珍視纔是。

傳承：浦東之著述

直到明、清，以及中華民國的初期，江南士人的身份意識仍然是按照鄉、鎮、縣、府、省的單位，一級一級，自然而然，由下往上地漸次建立起來的。日常生活中，江南士人都主動或被動以自己的地望作爲身份，如「徐上海」、「錢常熟」、「顧崑山」地交際應酬，不會只用一個「中國人」的表面身份來隱藏自己。只有當公車顛沛，到了「帝都魏闕」，或厠身擠進了「午門大閱」，沾上些許皇帝的虛驕，纔會偶爾感到自己是個「中國人」。儒家推崇由近及遠，由裏而外，漸次推廣的傳統人際關係，有相當的合理性。在此過程中，不同地域的人羣學會了尊重各自的方言、禮節、習俗、飲食和價值觀念，在一個「多樣性」的社會下生存。今天，「多元文化觀」在「國家主義」盛行的二十世紀，以及「全球化」橫掃的二十一世紀，面臨着巨大的困窘。如何在當今社會發掘傳統，面對危機，重建認同，是一件很重要的事情。

二十世紀中，在現代化「大上海」的崛起中，上海地區的學者和出版家，一直努力將江南學術的優秀傳統，匯入「國際大都市」的文化建設，出版地方性的文獻叢書便是一種做法。一九三六年，負責編寫上海通志的上海通社整理刊刻了上海掌故叢書第一集十四種，後因「抗戰」、「内戰」發生，没有延續。一九八七年，華東師範大學出版社編輯影印了上海文獻叢書，共五種。一九八九年，上海古籍出版社標點排印了上海灘與上海人叢書，共二十三種。縣區一級的文獻叢書，有松江文獻系列叢書（上海社會科學院出版社，二〇〇〇年），共十二種；嘉定歷史文獻叢書（中華書局，二〇〇六年），線裝，二輯。在基層文化遺産保護前景堪憂的大局勢下，地方傳統文獻的整理出版工作倒是在各地區有識之士的堅持下，努力從事。上海浦東新區地方志辦公室的同仁們，亟願爲浦東文化留下一份遺産，編輯一套浦東歷代要籍選刊。復旦大學出版社憑藉獨有的學術組織能力和編輯實力，積極參與這一出版使命。這樣的工作，對開掘浦東的傳統内涵，維護當地的生活方式，發展自己的文化認同，都具有重要意義，無疑應該各盡其力，加以支持。

編纂浦東歷代要籍選刊，首要問題是如何釐定作者的本籍，將上海地區的「浦東人」作者挑選出來。清代中葉之前，現在浦東新區範圍内的土地和人民並不自立，當時並没有「浦東人」。但是，明、清時期江南地區的鄉鎮社會異常發達，大部分讀書人的籍貫，往往可以追究到鎮一級。爲此，我們在確定明、清時期的浦東籍作者時，都以鎮屬爲依據。那些或出生，或原居，或移居，或寓居在現在浦東地區鄉鎮的作者，儘管著述都以「上海縣」、「華亭縣」、「嘉定縣」標署，但隨著清代初年「南匯縣」、「川沙縣」，以及後來「浦東縣」、「浦東新區」的設立，理應歸入「浦東」籍。

例如：高橋籍舉人孫元化（一五八一—一六三二）追隨徐光啓，有著作幾何體用、幾何演算法、泰西算要等傳世。當時的高橋鎮在黄浦東岸，屬嘉定縣，孫元化的籍貫當然是嘉定。清代雍正二年（一七二四），嘉定縣析出寶山縣，孫元化曾被視爲寶山人。一九二八年，高橋鎮劃入上海特别市的浦東部分，從此孫元化可以被認定爲「浦東人」。陸深的浦東籍貫身份，也可以如此確定。明史本傳稱：「陸深，字子淵，上海人。」按葉夢珠閲世編・門祚記載，陸深科舉成功後曾移居上海城裏，居東門，稱「東門陸氏」。然而，陸深的祖居地及其墳塋，均在浦東陸家嘴，理當被視爲「浦東人」。相對於原本就出生在浦東地區的陸深、孫元化而言，黄體仁自陳「黄氏世爲上海人」（曾大父汝洪公曾大母任氏行實，收入黄體仁集），進士及第爲官後，即在城裏南門内擴建宅邸，黄家里巷命名爲黄家弄（黄家路）。另外，黄體仁的父母去世後，也安葬在西門外周涇（西藏南路）的黄家祖塋（參見先考中山府君先妣瞿孺人繼妣沈孺人行實），是地地道道的上海人。黄體仁之所以被認定爲浦東人，是因爲他在九歲的時候，爲躲避倭寇劫掠，曾隨祖母和母親在浦東避難，並佔用金山衛學的學額，考取秀才，進而中舉、及第。科場得意以後，他纔回到上海城裏，終老於斯。明代之浦東，屬於上海縣，他甚至不能算是「流寓」川沙。然而，從黄體仁的曲折經歷，以及後來的行政劃分來看，他在川沙居住很久，確實也可以被劃爲「浦東人」。

選擇什麽樣的作者，將哪一些的著述列入出版，這是編纂浦東歷代要籍選刊的第二個難點。唐宋以前，浦東地區尚未開發，撰人和著述很少，可以不論。到了明、清時期，浦東地區開發有年，文教大族紛紛湧現，人才輩出，著述繁盛，堪稱「海濱鄒魯」，絶非中原學人所謂「斥鹵之地」可以藐視。按復旦大學古籍整理研究所近年來數篇博士論文的收集和研究，明、清時期上海浦東地區的著者人數，不亞於松江府、蘇州府其他各縣。據初步研究統計，清代中前期有著作存世的松江府作者人數共五百二十五人，其中華亭縣（府城）一百四十七人，上海縣一百二十三人，婁縣六十五人，青浦縣六十人，金山縣五十一人，南匯縣三十一人，奉賢縣二十二人，川沙縣二人，未詳二人。這其中，南匯、川沙屬於今天浦東新區，都是剛剛從上海縣劃分出來。以南匯縣本籍作者三十一人爲例，加上列在上海縣的不少浦東籍作者，這個新建邑城境内的文風一點不比其他縣份遜色。此項統計，可參見杜怡順復旦大學博士論文上海清代中前期著述研究。

明代天啓、崇禎年間，以松江地區爲中心，有「復社」、「幾社」的建立。那幾年，江南士人的文章風流和人物氣節，盡在蘇、松、太一帶。經歷了清代順治、康熙年間的高壓窒息，到乾隆、嘉慶年間，上海地區的文風又有恢復。順應蘇州、松江地區的「樸學」發展，「家家許鄭，人人賈馬」，這裏做考據學問的人也越來越多。因此，浦東學者也和其他江南學者一樣，在經、史、子、集的研究上下過功夫。易、書、詩、禮、樂、春秋的「經學」，二十四史之「史學」，天文、地理、曆算、農、醫、兵、雜、小説，詩文詞曲，釋、道教，「三教九流」的學問都有人做。在這樣豐富的人物著述中，挑選和編輯浦東歷代要籍選刊，是綽綽有餘，裕付自如的。

浦東地區設縣（南匯、川沙）之後的二百年間，各類學者層出不窮。以清末學者爲例，周浦鎮人張文虎（一八〇八—一八八五）以諸生出身，專研經學，學力深厚，卓然成家。道光年間，他幫助金山縣藏書家錢熙祚校刻守山閣叢書，一舉成名。一八七一年，張文虎受邀進入曾國藩幕府，被破格録用，負責「同光中興」中的文教事業。他刊刻船山遺書，管理江南官書局，最後還擔任南菁書院山長。張文虎學貫四部，天文、算學、經學、音韻學，樣樣精通。按當代南匯縣志的統計，他著有舒藝室雜著、鼠壤餘蔬、周初朔望考、懷舊雜記、索笑詞、舒藝室隨筆、古今樂律考、春秋朔閏考、駁義餘編、湖樓校書記和詩存、詩續存、尺牘偶存等著作，實在是清末「西學」普及之前少見的「經世」型學者。

一八四三年，上海開埠以後，浦東地區的學者得風氣之先，來上海學習「西學」，成爲中國最早的一批精通西方學術的學者。李杕（一八四〇——一九一一），名浩然，字問漁，幼年在川沙鎮從鎮人莊松樓經師學習儒家經學。一八五一年，李杕來上海，入徐家匯依納爵公學，學習法文、文學和科學。一八六二年加入耶穌會，一八七二年按立爲神父，一九〇六年繼馬相伯之後，擔任震旦學院哲學教授和教務長。李杕創辦和主編益聞報、格致彙報、聖心報等現代刊物，傳播西方科學、哲學和神學，著有理窟、古文拾級、新經譯義、宗徒大事録等，還編輯有徐文定公集、墨井集等。這樣一位貫通中西的複合型學者，在清末只有他的同班同學馬相伯等寥寥數人堪與之比。如果説明、清時期的浦東士人還是在追步江南，與蘇、松、太、杭、嘉、湖學風「和其光，同其塵」的話，那開埠以後的浦東學者在「西學」方面確是脱穎而出，顯山露水的。

「且頑老人」李平書（一八五一——一九二七）是高橋鎮人，父親爲寶山縣諸生，太平天國佔領江蘇時以難民身份逃到上海。十七八歲時，纔獲得本邑學生資格，進入龍門書院學習。這位浦東學子聰明好學，進步神速，不久就擔任字林報、滬報主筆，在城厢内外宣導「改良」，開設自來水廠。一八八五年，經清廷考試，破格録用他爲知縣，在廣東、臺灣、湖北等地爲張之洞辦理洋務，樣樣「事體」做得出色，且一心維護清朝利益。李鴻章遇見他後，酸溜溜地説「君從上海來，不像上海人」，算是對他的肯定與表揚。李平書確是少見的洋務人才，他奉行「中體西用」，一手創建了上海城厢工程局、警察局、救火會、醫院、陳列所等。最後，他還從張之洞手中要到了「地方自治權」，擔任上海自治公所的總董（市長）。李平書在一九一一年辛亥革命高潮中轉而支持革命黨，可見「且頑老人」是一位深明大義的上海人——浦東人。在仍然提倡仕宦合一、知行合一的清末，李平書也有重要著述，他的新加坡風土記、且頑老人七十自述、上海自治志都是上海社會變革的佐證。

浦東地區的文人士大夫，經歷了明清易代，又看到了清朝覆滅，還親手創建了中華民國，所謂「歷代」，愈來愈精彩，浦東人參與的歷史也愈來愈重要。孫元化、陳于階（康橋鎮百曲村）等浦東人，爲抗禦清朝獻出生命；李平書、黄炎培、穆湘玥一代浦東人，參與締造了中華民國；黄自、傅雷這樣的浦東人，爲中國的現代藝術做出了獨特貢獻；還有像張聞天、宋慶齡這樣的浦東人，厠身於中國的共産主義運動。這些浦東人都有著述存世，品類繁多，卷帙浩繁，選擇起來頗費斟酌。我們以爲，刊印浦東歷代要籍選刊應該本著「厚古薄今」的原則，對那些本來數量不多，且又較少流傳的古籍，包括在上海圖書館、復旦大學圖書館收藏的刻本、稿本和鈔本，儘可能地借此機會搶救和印製出來，以饗讀者。至於在民國期間，直到現在經常用平裝書、精裝書形式大量出版的近現代浦東人的著作，則選擇性收入。

出版一部完善的地方文獻叢書，還會遇到很多諸如資金、體例、版式、字體、設計等人力、物力方面的問題。好在有浦東新區政協文史委員會和地方志辦公室的鼎力支持，復旦大學出版社的精心組織，加上全國和復旦大學歷年畢業的學者，以及相關專業的博士後、博士生的積極參與，浦東歷代要籍選刊一定能圓滿完成。受浦東新區政協文史委員會和地方志辦公室，以及復旦大學出版社的邀請，由我擔任本叢書主編，感到榮幸的同時，也覺得有不少責任。因教學、研究事務繁鉅，不能從事更多工作，但一定會承擔相應的策劃、遴選、審讀、校看和復核任務，做出一部能够流傳、方便使用的文獻集刊，傳承浦東精神，接續上海文化。

二〇一四年八月十五日

暑假，於上海徐匯陽光新景寓所

浦東歷代要籍選刊　編纂凡例

一、地域範圍。選刊所稱之浦東，其地域範圍爲今黄浦江以東浦東新區和閔行區浦江鎮所屬區域。

二、人物界定。祖籍浦東並居住在浦東的人物，祖籍浦東但寓居於外地（包括今上海其他地區）的人物，長期寓居於浦東的外地籍（包括今上海其他地區）人物，其撰寫的著作均在選刊範圍之内。清初浦東地區行政設置前，人物籍貫以浦東地區鄉鎮爲準。

三、年代時限。所選著作的形成時間範圍，爲南宋至國民政府時期（一一二七—一九四九）。

四、選録標準。南宋至清嘉慶時期（一一二七—一八二〇）浦東人物所撰寫的著作原則上均予刊録；清道光至民國末年（一八二一—一九四九）浦東人物所撰寫的著作擇要選刊。本籍人士所撰經、史、子、集四部著作，或日記、年譜、回憶録等近代著述，不分軒輊，擇其影響重大者刊印。

五、編纂方式。依據古籍整理的通行規則，刊印文獻均用新式標點，直排繁體。選擇較早的底本，參照各本，並撰寫整理説明，編輯附録。除附書影外，凡有人物像和手跡者亦附録。尊重原著標題、卷次及文字，以存原始。

六、版本來源。所選各底本，力求原始。底本多據上海圖書館、復旦大學圖書館藏本，絶大多數著作爲首次整理和刊佈。

整理説明

陸氏爲東吴著姓之一。自元季陸子順爲避戰亂徙居華亭，稱巨室，由陸深起數百年漸成上海地區文獻之家，子孫人才輩出。陸明揚，字伯師，號襟玄，爲陸深從孫，萬曆癸卯（一六〇三）舉人；官靖江教諭，萬曆四十四年（一六一六）秋卒於署。著有紫薇堂集、五經輯要、周易繫辭正義等。

陸明揚經歷坎坷。父柝，諸生，時與邑令相忤，適族人銜仇搆陷誣柝縱明揚行淫殺人，搒掠成坐；幸得青浦令屠隆察知其寃，因力爲平反，始得復讞得雪。獲釋後，明揚益發憤爲學，終得高捷。因「閲歷憂患，故能究悉世務」，請行包補以贍貧竈，改漕折以正土宜，鄉里感德。後教諭靖江，獎掖士類，有懿德淑行。惜乎病卒於任，僅得中人之壽；殁後崇祀名賢祠。紫薇堂爲陸明揚宅（二十二保十四圖楊家溝一帶，今浦東新區曹路鎮）中堂名。明揚弟明允字臣受，號襟宇，官至刑部員外郎，卒後崇祀鄉賢。明揚子起城，明允子起龍、起鳳，及至孫鳴珂、鳴球、鳴玉（陸氏「三鳳」）等，科名代不乏人，率多以詩文聞於世者。

陸明揚性耽古文辭，與屠隆、王思任、徐光啓、陳繼儒等名士相友善；又以詞賦擅場，有「雲間終躍雙龍劍」「吴下原稱八斗才」之譽①。其詩文平淡中見真性情，清新而不失昂揚；又以其經歷複雜，身世坎壈，作品境界開闊，頗足回味。集中收録了陸明揚關於改折、立包補、疏湮塞等的疏議以及與鄉紳司官間的書信往來，對研究浦東地方史具有珍貴的史料價值。

紫薇堂集，北京圖書館、上海圖書館藏有清抄本，半頁八行，行二十二字；嘉業堂藏書樓亦著録藏有舊抄本。此次整理紫薇堂集以北京圖書館藏本爲底本。集凡八卷，附録一卷。前題「明雲間陸明揚襟玄父著」。卷一、二詩，卷三書，卷四啓、記，卷五記、議，卷六志、銘、行述、跋，卷七序，卷八祭文、雜著。書前有姚永濟、程玠、陸蓚所作序文三篇，末有陸起龍、陸鳴虞識語；附録松江府志、上海縣志、靖江縣志中的傳記，及范彤弧陸襟玄先生傳、李世裕陸學博先生傳。

此次點校，在不影響文意的前提下，異體字、俗字、舊字形統一改作正體，避諱字徑予改補；缺損漫漶、無法辨認之字以「□」標識，訛字等出校説明。

---

① 見本集附録屠隆癸卯客閩聞陸襟玄奏捷南都喜而有作詩。

目録

紫薇堂集叙

紫薇堂集者，則曩時同社故人襟玄公所著也。公少歷坎坷，精研制舉，才堪經世，遇阨登朝，需次選人，僅老寒氈，使吾黨嘆文位不齊者莫公若也。而公之兼長則又在古文詞。枕籍經史，不妨與寒士爭勞；抽騁秘研，直可使詞人寡和，使吾黨重文人慧業者又莫公若也。乃公賦玉樓已如千年所，而令嗣手上今集，乞余一言以爲壽梓地。余反覆披閱，蓋不勝慨慕焉。數十年不見公之面，而幸見公之集；安知數百年後見公之集者，不更重公之名？夫名之見重於百年之後，公之不朽具在此集，又何藉余言哉！雖然，計公與余同事壇坫、分標共馳者幾二十年，屈指一時，蓋有八子。即材人人殊，要皆本原經術，藴釀今古，鎔裁雅而造義深，故皆後先芥拾科第，最格者亦列明經高等，不但當時有「星聚申江」之目，即後之談制舉、立文會者，亦莫不侈吾黨八子爲榜樣。至于宦績流聲，著述名世，各有擅長，惟公具異稟，言可垂則，但富名山，無有表見。私切嘆吒，以爲位不配才，天之爲也；死而文不傳于世，人之爲也。此嗣君亟以公集壽梓意乎。而余於公集又更有説。昔楊子雲著書，其所自足者惟太玄一經，而世所傳者正不在是。即如公專制舉又淹猷略，而今之所傳，若記、序、銘、贊、詩、詞、書、啓，銜口適意，合乎情，當乎理，可以施之乎實用，不必規摹往昔，已自成一家言，無翼可飛，不踁亦走，而不知此止公緒餘。公更有懿德淑行，如尊人罹非辜，身代纍囚；民苦輸輓也，疏請改折；與凡立包補以寬竈户，疏湮塞以溉良田；全貧士之功名，忘仇人之下石，大略種種，炳赫當時，垂聲後禩，有非文詞足以盡公者，公之不朽，豈止文詞也哉？亦公之一班不容或掩者耳。是爲叙。

眷社弟姚永濟頓首拜撰

陸襟玄先生紫薇堂集叙

玠遊雲間，陸儀仲先生見玠詩文，猥以國士相目，清讌時偶出襟玄公闈牘以示，嘆其理脉精邃若此，乃遲久始獲一遇，復偃蹇公車，謁選僅一廣文而止，似乎績學弘而食報約。玠爲之感惜扼腕者久。又述襟玄公幼時以尊人爲射工所中，因繫獄，其大節縝密而慷慨，造次間且不廢吟誦，聲出金石。時當事者爲屠赤水先生，異人也，廉知其情，兼試以文，擊案稱賞，旋白其冤，即以遠器期許。既解官，輒手書勉勗，有「青雲不登道不尊」之句，誠有激乎其言之也。秋捷後，先生在閩中聞之，又呼酒成詩志喜，有「吴下原稱八斗才」之句，知己氣誼一至於此。玠爲之吁激欲慟者久。又縷言襟玄公居鄉爲德於鄉，居官爲德於官，雖秀才便思以天下爲己任，雖一命輒以扶風化、振名教爲殷殷，謂「有人負官，無官負人也」。其倡義濬趙河、包補、改折諸事及修葺驥江學舍，迄今利賴，頌義不衰。玠更爲肅穆起敬，如揖公於前而見先正典型者久。嗚呼！襟玄公者，儀仲先生之世父而受業者也，故先生言之獨詳。既乃得與公哲嗣子良、宗維、嶙士定交，隨得讀所傳紫薇堂集，因屬玠數言。玠重有慨乎世風人品之宕往也多矣，或得一第，即負氣以凌物；

或掞藻如春華，罔裨經濟實用；或通籍垂數十年而未聞有所建明于立朝、綜核于在官；及居林下，未聞爲郡邑除一二害事、起一二利民者。是樹品固不以禄位、時地爲高下者也。豈真所謂居下而施于人者不流乎？豈真所謂爲澤不爲川，川者高而澤者卑，高者流而卑者止乎？苟其仁義充諸心、發於文章而措於事業若襟玄公者，雖絀於時、限乎位，我未見其非卓犖可紀、大雅足師而扶振懦頑若子輿氏所云爾也。夫鄉先生能反乎吾前所致慨者，則雖絀於時、限乎位，殁而祭於社矣，襟玄公者，非其人歟？其人傳，斯其詩歌文辭亦傳。今觀其詩歌文辭，有一不本于性情者乎？有一不式于繩度者乎？則詩歌文辭之與人並傳也何疑？玠也慕公之爲人而不得見，於儀仲先生之稱述而如見之，更於公之紫薇堂集而如見之矣！既得受而卒業，敬藉乎以復於子良昆季，且告夫後之君子云。

新都晚學程玠弘執氏拜題

序

去年秋，蓚既得讀我靖江公年譜而序之矣。今年嶙士舅氏復葺公遺稿凡爲詩如干、銘序如干、箋啓如干、制舉藝如干以授蓚。蓚時有藥裹之伴，閱半年乃得盡讀。讀之反覆推玩而不忍釋也，曰：嗟乎！斯所謂百世之師哉！本之以孝弟忠敬，通之以物理時宜，憂而不困，泰而不侈，高而不激，儉而有節，咏歌飲晏而不忘戒厲，求諸古人則大雅也，斯豈非百世之師哉！公之顔之於堂也，曰：「雪月風花作侶，父子兄弟相師。」永寧公兄弟奉世父爲師，以居官明道；三公子即奉永寧公兄弟爲師，以則古稱先。今且一世、二世、三世、五世矣。家駒騠騠，逐風追電。旗鼓先登，戟矢後勁。然吾觀其文章之秀一家言，其立心制行，一心相禪而不淆者也。黄河源於崑崙，伏行於地中，洋洋奔薄數千里，然後支流皆成巨浸。人亦宜然，則百世師當之矣。蓚亦屬公外氏之裔，願私淑於公者讀遺集而謹識數言，如此，抑作述之際，豈不可慨哉！當時與公相推激者爲：屠緯真，陶石簣，王季重，湯霍林，張侗初，徐玄扈，張賓王，陳眉公，姚通所，顧繩所，陳鉅鹿。夫此數君子者皆百世師也，公之遇稍遜焉。然吾不知諸公之後皆能寶其家訓、守其遺文如公後人乎？抑條葉零而雲霞散也？而公之簡牘爛焉，吮墨若猶未乾，吟聲若猶在雙荷葉間也。如陳孝廉先生當時則稱二三十年之間，欲問其事則遺老盡矣。作述之際，豈不又可慨哉！君子所謂讀是編而有所感也。時康熙九年庚戌重九日，甥孫陸蓚拜手謹識。

紫薇堂集卷一

明雲間陸明揚襟玄父著

四言古

曙海張太公祖盛美繽紛未易悉數聊舉崖略爲廉正仁文四項擊壤頌之

泖波湯湯，數峯蒼蒼。皇哉師帥，古之留良。濯足洪流，振衣崇崗。心若冰壺，操比截肪。風清弊絶，政平俗康。廉不入苛，圓不刓方。奏最還朝，圖書作裝。廉

立國大指，敦尚風紀。亦有囂争，竿牘互掎。屏置弗觀，奮筆評擬。據案千言，南山弗徙。聖脉賢宗，物情天理。下里傳鈔，洛陽貴紙。可息囂風，可垂青史。正

曩年洚水，妨我田工。抗章請命，遑恤其躬。手捐錢穀，活彼疲癃。邇屬小祲，愴有餘恫。

錙銖濡沫，亦普亦公。一夫阽危，若納溝中。發棠矯節，千古遺風。仁

詞爛七襄，毫散五彩。爲聖真翼，爲斯文宰。公餘課士，廣槱密採。揶揄破的，提命爽塏。朔日品評，有常弗怠。豪傑挺興，凡民攸待。千載宗工，筆山學海。文

皇矣頌四章贈蔡觀察

皇矣絲綸，賁及王父。世主詞壇，代膺圭組。名在鼎鐘，澤沛寰宇。昔稱于門，未或比數。閩山高哉，差與爲伍。

別駕風清，聊展驥足。肇基其勤，式我金玉。保世滋大，如日斯旭。報德報功，以似以續。恩光遠逮，閩山之曲。

於惟廉訪，敭歷中外。秉憲專城，所至稱最。伯兄守阡，懇沐函蓋。貽謀孔臧，爰及吴會。兩地瞻天，奕世永賴。

三吴訟囂，雅鎮則平。三吴捐瘠，指顧則生。蒼穹比大，冰壺擬清。旦晚節鉞，咫尺台衡。追封未艾，諦觀厥成。

海晏河清頌有序

雲間二守陽華朱公祖，甬東名閥，代起文章。先生尤特達，擅風雅，饒韻致，以靖江令治行高等，擢居今秩。吾郡東偏枕海，島夷出没無常，是以海防最重，而内地支水多爲潮沙閼積，幾成平陸，資舟楫灌溉之利者咸苦之。或議濬，旋亦報罷。自先生下車，籌畫海上事甚具而有法，故頻年滄波不驚，估客往來無恙。各院道皆嚴重先生，謂先生才大，遇事可了，復委以河渠。先生乃親行視河，備得所以閼塞狀，遂刻日鳩聚畚鍤，深廣皆核實以報，不三月而功竣，民樂其便，且追曩者仔肩之難，或戲比爲黄河再清云。問者颶没夷舟，獲存一二爲守洋吏士所執。此雖天福吾民，不使之來；即來，亦有先生籌略在。揚伏覩休嘉，不勝欽仰，輒爲海晏河清之頌。頌曰：

煌煌哲匠，赫赫名流。治易窮微，探詩洞幽。胷涵萬象，意邈千秋。雲開樂鏡，電拂吴鈎。起家茂宰，冠世循良。寃平肺石，澤及桁楊。天爲垂昴，夏無隕霜。能聲騰布，嚅爲雁行。擢貳於松，樹屏東方。英謨卓爍，宛矣龍驤。美不勝書，巨細允臧。允臧謂何？請歌其烈。地枕滄溟，茫茫環列。島夷去來，勾引窟穴。公爲周防，忠猷殫竭。談笑風張，帷幕氛絶。海若順軌，天吴竄裂。小醜思訌，旋聞没滅。遺酋落洋，斂手就紲。曷以動天，惟公亮節。邑右長渠，百里迴紆。外避浦險，内資灌輸。波臣失職，梗閼焦枯。舟楫安施，懸耒號呼。當事縮手，畏而難圖。

公獨奮臂，經始勤劬。萬民子來，三邑發徒。役不經時，通津利途。潤我桔槔，銜尾舳艫。欸〔二〕乃聲聞，亦有鶗鴂。若斯之功，豈曰淺鮮。聲飛溟渤，長鯨默剪。史與白與，澤流浩演。乃知先生，造化可轉。釋結除煩，風吹霧捲。雄畧半試，詎云盡展。半試猶然，而況彀戩。宜民宜人，令德顯顯。欲勒貞珉，辭慚匪腆。

五言古

挵得歌

居家自覺巧，出門纔見拙。老馬不識途，行行輒差迭。寒月走黃河，寒風吹栗烈。長年籲天呼，槁柁俱斷折。此時無他腸，只是挵撇裂。斜陽幸無事，纜向孤村絏。載飲亦載歌，幸不委魚鼈。彭城跨蹇驢，蕩漾不可說。有時驕不前，有時欹欲𨉖。一日行數程，程程挵挫跌。薄暮投青帘，濁酒朋儕挈。飲之罄瓶罍，若解胸中結。客夢苦未成，隣雞又饒舌。意况殊朦朦，上馬復蹩

〔二〕「欸」，原訛「款」。

躃。曠野虛無人，仰見星河列。風埃起郊原，咫尺誰識別。琅琅飛馬來，弓矢亦張設。明知爲暴客，吞聲不敢訐。此時亦無奈，行李搒闌截。須臾策馬去，叉手自忻悦。乃聞東家商，前宵罹刼竊。裝盡膚無裳，主傷奴亦滅。臨風一唁之，感懷哽以咽。我亦念家園，家園儘清潔。捨而趨畏途，總爲名心熱。所以悠悠者，窮年逐車轍。寄言行路人，一搒法無別。

壽友人母

一木支大厦，自古難爲力。丈夫際屯蹇，却步而變色。不虞保世功，乃在中閫德。卓哉太母賢，雅具英豪識。松栢挺然姿，歲寒能自植。神完羽翼生，本固烽烟熄。一龍抱玄珠，隻鳳閑女則。或得母之和，宜家用温克。或得母之貞，冰霜凜孤特。惟龍變化神，和貞蓋兩得。和以畜疲民，祥刑抱深惻。貞以勵官箴，簠簋嚴自飭。遊刃有餘才，燃犀無匿慝。桃李披春風，蒼黔遊化國。何以萃忠賢，太母標其式。何以報令善，福祚綿燕翼。恩寵自天來，蚤下龍文勅。花甲正添籌，介壽齊南極。後樂酬先勞，物理自無忒。

七言古

頌邑侯仰亭許公八載陽春 永寧刻本

昊天高哉月華白，冰霜乍解風正息。梅稍初著白玉姿，柳枝欲上黄金色。陽和已遍大地春，四郊花木盡舒蘗。隱隱峰頭開翠靄，紛紛陌上起紅塵。百昌鮮媚葩欲吐，柔風輕弄日煦煦。却憐九十列缺光，東皇去兮疾如弩。夏日亦太烈，秋思亦太苦。一年四序幾何時，春色不嘗廿之五。誰似東南斥鹵鄉，郊原八載春洋洋。寒冰不凝覺輕煖，酷日匿影添微涼。村頭雞犬眠正穩，竈下兒童嬉欲偃。有酒可嘗洗更酌，有田可耕力足墾。一飽無愁鼓腹歌，白頭扶杖晝婆娑。化國之日何太永，却緣主者廉無頗。主者爲誰許有道，滿懷春意生陽和。十年再至令兹土，春光融融偏海浦。截肪操勵躡由夷，馴雉名高追卓魯。繪圖屢請賜田租，敝蓋蒙戎躬鞠撫。三尺無苛圄欲空，伍陌不驚人安堵。上官供億薄羞珍，寧我得過毋煩民。繕城築堤出公帑，子來旦夕工何神。幾度平徭若冰鑑，富人窶子稱停勻。官清吏肅黜餘羨，後者得蘇家無貧。幸逢纓緌龍門跂，醇醪飲人不覺醉。誾誾正論聞意傾，緘口莫干干者愧。士民安枕年復年，徵輸以外何憂煎。機事都忘鷗不去，生鄉莫斷葉長鮮。春留海上三千日，功奪造化天無權。陽春有脚不復住，天曹虛左收名賢。秉銓推轂天下士，盡應鸞鳳無梟鸇。順風登高呼正疾，春和從此播鈞天。嗟予小子雕蟲技，收卹門牆媿桃李。每承謦欬落珠璣，還而顧影輒自鄙。俄然飛舄鳳臺高，送別依依南浦艚。草莽無緣達雲路，春風何日被青袍。

贈喬翰卿隨任之燕京永寧刻本

閶闔初來萬里風，拍天秋水銀河通。才子乘槎泛牛渚，窮奇探異遊空濛。羨君家學蟬聯久，英年妙質真瓊玖。神來片語失千秋，筆落懸河驅二酉。從親遠道走齊燕，使節追隨四牡騫。黄金臺下留聲價，白玉河邊試錦韉。漢家太史龍門老，偏歷江山恣尋討。皇都佳麗甲區寰，請君收入囊中草。昨余汗漫遊帝京，琴書往復如浮萍。流年荏苒羞華髮，藝業迂疎託友生。友生才雋唯君獨，相期久矣相推轂。今日庭趨詩禮傳，他年墀奏天人牘。九萬行摶羊角風，三秋軔發龍江曲。別意臨岐黯淡容，壯懷把袂慇懃囑。勉旃努力蚤青雲，青雲不登道不尊。短檠夜夜修鱗甲，拔劍酣歌好出門。

送孫玉翁先生緜司理擢比部

海甸風煙入夜清，九峰顛上昴星明。桁楊無寃肺石靖，三吴千里稱刑平。平刑豈須事摘伏，化國那曾煩案牘。心頭一片玉壺冰，造出人間無量福。先生天挺截肪操，五紽絲素淩羊羔。綈袍敝蓋自恬澹，天地萬物俱鴻毛。横觀世味非吾貴，静悟生機獨茂對。和光藹藹推赤腸，陽春遍滿真遺愛。古來廉吏多刻深，先生獨以寛爲襟。犀燃炤見水族恠，魔放還存解網心。雕龍詞藻雄三晋，領袖江南造英俊。如予孺子亦甄收，滿門桃李春風潤。五年報政天顔喜，徵綸忽下茸城里。圖書數卷出滄浪，輿誦洋洋歌樂只。公家伯氏蚤登壇，執法烏臺冠鐵冠。上疏歸省高堂壽，更聞此擢親逾歡。雲路聯翩共馳奔，垂天健翮雙爲騫。廟朝有事需才傑，坐看旦暮皆台垣。

題世壽大椿圖爲祝年伯壽

大椿挺立森且稠，八千之歲爲春秋。托根盤曲幾萬丈，枝枝節節皆龍虬。物固有之人亦然，吾翁家世真綿綿。觀察遺經俸錢薄，閉門高坐獨草玄。賦就不逢楊得意，青衫踏拖老簡編。但知本仁與祖義，詎諳問舍及求田。觀察起家在戊辰，文孫甲第恩仍新。我翁不改素絲節，朱户居然一白民。閒居無侶自歌咏，客來呼倒宜城春。萬事升沉何足溷，四時花月惟相親。嗟予小子廁同籍，曾叩玄關分一席。紫芝眉宇羲皇風，心知介壽千秋隻。今茲正值非熊時，童顔不減桃李姿。觀察當年幾大耋，封公人瑞及期頤。我翁壽考升恒景，封章咫尺來鳳池。方今世德又世壽，不屬翁家屬阿誰。巍巍鼎鼐在轉眼，繩繩棟石將孫枝。俛仰椿庭無限樂，恩光浩蕩增葳蕤。

擬古 文鈔選本

皎哉東方日，日日射虛堂。陽和忽遍滿，照我淒涼牀。衾裯賴以燠，不若薄倖郎。況味朣朧曉夢殘，夢中疑與共盤桓。履聲鏗鏗掀簾入，翻是君家老謝安。倉慌不及寒暄語，却問阿咸在何所。爲答涼飈能毒人，病骨淹淹自愁楚。飛心時或到粧樓，綿力當風苦石尤。微茫一片瀟湘意，顛作韓憑兩地愁。寄語靈丹何處尋，岐黄知脉不知心。心頭有語妾能記，心下閒愁妾能去。請從榻下鳴素弦，能令兩翼風翩躚。試問尊前酌魯酒，絶勝參苓甚苦口。堂上燈殘客不譁，霏霏玉屑散天花。相思一見百病已，誰令咫尺成天涯。

頌周撫臺

伊昔洪水咨魚鱉，神禹一丸封龍穴。阻飢猶藉稷肼胝，茀草粒民稱兩絶。天生偉人扶八極，斡〔二〕旋元化只頃刻。東南半壁倚崆峒，民溺民飢真己責。陽侯晝嘯波臣驚，黑雲壓海濁浪橫。千疇禾黍倏烏有，茫茫水國無遺青。公也焦勞念民瘼，忍令赤子夷溝壑。一封朝奏達承明，飛芻半減蘇藜藿。灌輸區畫價常平，麥舟推助回餘生。水衡使者捐公帑，搜粟都尉停私征。帝感仁心布豐穰，坐令凋瘵舒悒怏。誰其貧病苦膏肓，人脉人劑百鞅掌。千人受活法當封，況令數部甦孤煢。蒼生舉手頌陰騭，豹文落地能成虹。桑麻覆野旋弛擔，官階轉赫官情澹。翻然欲伴赤松遊，温綸僅許東山暫。即今海内事紛綸，泉石難盟砥柱身。指日還朝定區宇，千秋明德頌聲均。

贈二府陽華朱公

明州易學妙天下，天下蔑不宗師者。先生鵲起尤白眉，直符心畫窺龍馬。疏解纍纍千萬言，言言象罔稱不煩。手提斗杓酌元氣，名在青雲道益尊。道可傳經錫爾類，衣鉢煌煌歸震器。九苞色映正紛披，五彩毫端堪樹幟。推餘亦可暨埏垓，巽風解雨隨車來。片言立剖盈庭牒，咄嗟顧盼成雲雷。海邦積弛紛如霰，一朝精彩皆爲變。有時解網陽和生，有時燃犀察淵見。馨達蒼穹雨露溥，易灾成稔老農懽。通材左右格猱虎，誰謂詞家不解官。洋洋東海騰芳譽，茂異於今特爲

〔二〕「斡」，原作「幹」。

著。仰惟道化無别奇，慘舒渾是六龍御。

詩古體長短句

鄉丈張長谷作伴南還與余索詩余雅重其人歌以贈之文鈔選本

噫嘻！品從人造，遇亦何常。或簪裾而腥穢，或韋素而馨香。要以拔俗乃清，而利濟乃光。吾郡張君，傾蓋異鄉。征車互馳，壺酒相將。問所從來，轉輸勤王。叩所懷來，珠璣琳琅。幼習圖史，飽而善藏。長通百家，韜而弗張。絶情榮膴，夷猶倘徉。齠年練如耆宿，入世了無俗腸。尤精素問，笥挾玄霜。夐超恒儔，見垣一方。身與晏嬰比短，術與盧扁較長。既普施於峰泖，更廣濟於艅艎。噫嘻！活人誠多，又寧讓夫相？業之煌煌，而況乎意不責償？樂施慨慷，則信哉翩翩濁世之幽芳。

五言排律

奉祝練川陳令公尊人

高風師百代，勁節首群倫。學是天民學，人爲上古人。封分虞氏後，緒出太丘陳。走筆驅雷電，趨庭起鳳麟。一經能邁迹，三戒特重申。軔發閩山曲，驂停練水濱。觀風見衣鉢，攷政識經綸。宦橐圖書寂，官聲薦剡頻。驪珠方吐耀，荆璞忍沉淪。烈士猶鳴鋏，雄心始問津。年當老益壯，龍以屈爲伸。綵服裁吴會，征鞭入薊闉。據鞍誇矍鑠，捧檄羨冠紳。黄髮明經舊，彤庭錫命新。勳名垂奕世，鞅掌必當身。禄壽歸於德，謳歌遡所親。願言台鼎貴，還祝八千椿。

紫薇堂集卷二

明雲間陸明揚襟玄父著

五言律

出都 永寧刻本

策蹇出都下，喧然車馬紛。浮埃能蔽日，吐氣欲排雲。未入鵷鸞夢，聊爲鷗鷺群。家園新筍熟，春酒醉斜曛。

贈吳二尹

抱奇通治法，捧檄佐花封。察見水中怪，清哦月下松。攀轅吳地陌，飛舄楚天峰。羡爾燕山桂，于門慶自重。

和申瑶泉太師壁間韻贈武林衲雲上人

竹石長爲侣，知君出世情。經殘隨衲卧，機寂任雲生。説法千花墜，談天衆樂鳴。逃名在深處，寰海已知名。

與陸以時年丈聯舟予阻風獨後因自感愴薄暮追及喜而賦七言一律矣以時復有五言律故又和此

昔也嚶鳴會，如君拔更尤。有懷期共濟，無策可同舟。白日愁難别，玄雲黯不流。山靈還作主，尊酒又相投。

客邸懷親永寧刻本

遊子天涯路，高堂正倚閭。逢人問春色，計日待魚書。却自憐蘇季，知誰薦子虚。蒼蒼山萬疊，若處是吾廬。

贈闇上人

逃虚逃欲盡，姓字闇然藏。愛此蓮花浄，寧爲薰草香。封闢饒紫氣，療世有玄霜。吾亦悲榛棘，相論意不妨。

自感 永寧刻本

西土休上書，東臯歸敝廬。不才賢主棄，薄命故人疏。亢厲心爲䮾，凄涼暑亦除。扁舟愁不寐，風雨射窗虚。

龍陽名高才者戲作賞之

着意還如淡，無情正復多。煖風吹弱柳，新月炤澄波。枰上饒機變，樽前發麗歌。爾才真軼衆，得鹿事如何。

七言律

贈項封公伉儷壽

墨妙當年蚤擅場，而今衣鉢付青箱。簾前秀色椿萱競，花裏歌聲日月長。烏使已看來絳闕，龍章更喜出明光。翩翩彩袖如霞舉，知有宫袍薦錦觴。

辭家入都偕周恒山暢飲長慶堂刻本

十載郊居欲避名，翻然提劍作遥征。酒行百道愁渾脱，家隔連宵夢也清。華髮怯從潭影照，青山時向馬頭迎。相依更喜陽春調，唱和幾忘斗柄横。

頌周撫臺

斗山宿望重宗工，駐節三吴建禹功。挾有玄霜能療世，盡令澤國永驅龍。瀝肝抗疏回宸極，灑淚登車賦大東。更以餘閒羅俊士，鯫生姓氏藥籠中。

雪後即遇暖日走七寶道中永寧刻本

晴光雪色轉於車，大白江山遍日華。岸口得烘生水氣，枝頭漸解落冰花。陰森林畔啼黄鳥，縞素叢中著緑芽。濘滑不須頻作苦，卜年應是稔桑麻。

祝耀北年丈遥壽尊嚴君殷然有北山之想小詩解之

使星夜炤潞河槎，南極光摇處士家。待著萊衣添紫綬，遥將桂釀和丹砂。福當川至甘如蔗，寵自天來誥作花。愛日不須歌鞅掌，靈椿歲歲長新芽。

頌邑侯仰亭許公清風化雨圖永寧刻本

翩翩使節指陪都，六代鶯花映紫符。夢卜君王欹枕待，遮留父老杖藜扶。篋中獨抱孤琴寂，潤處那誇九里迂。倚用正隆樞管重，漢家應復上麟圖。

遊煙雨樓遇金浦帆丈談對累日别而賦此詩選刻本

行遊何必問山靈，水國潺湲亦可聽。數頃煙波浮翠玉，千門燈火落寒汀。孤懸一壘能迴柱，轉上層樓可摘星。勝地逢君真勝侶，那堪帆影又如萍。

燕京除夕和席間韻 永寧刻本

主人絡繹進雕盤，笑語叢中不覺寒。歲竹夜除星曆變，隴梅時報客心安。老當益壯頻鳴鏑，醉不忘醒自整冠。衰鬢明晨春亦遍，細加膏沐與人看。

送友之任

天南百里屬仙郎，捧檄鳧趨出帝鄉。琴韻自能風比屋，冰心端不畏姑臧。話當岐別宵爲短，軔發春明日正長。無限勳庸今載亳，好收痌〔二〕瘝療玄霜。

玉蘭多春開辛亥手植一本初秋忽著二花作以志感 長慶堂刻本

清姿夐壓衆芳先，玉色粧成倍灑然。芬馥可能驅白蠹，根苗應且出藍田。包含春意經時久，直向秋風吐萼鮮。物固有從遲暮得，與君同調自相憐。

〔二〕「痌」，同「恫」。

同周恒山丈河間道中飲和壁間韻二首

紛紛報政集千官，三輛規圖海樣寬。日暮酒香應覓醉，風高塵動不知寒。關山有雁書堪達，野店聞雞寢未安。偕計不須愁遠道，名花無數待相看。

君才屈宋是衙官，瀟灑風流酒量寬。寶篆夜燒猊正熱，貂裘時擬客無寒。坐來旅店論心久，夢返慈幃問寢安。快讀珠璣花亂墜，東風分付曲江看。

喬訒齋司馬署月董大工作以贈之長慶堂刻本

雄才何地不勗襄，秩借冬曹待主張。天子本非私積貯，計臣應爲理倉箱。千夫雨汗規條肅，萬屋雲連拱帶長。鞅掌自宜賢者事，不須遥羡北窗涼。

贈上人

曲曲溪流抱法堂，深深緑柳梵音藏。心含雲水空諸相，談落天花散異香。浪跡漫隨龍渚月，浮名偏笑瓦溝霜。多君蚤入如虚境，老我紛拏愧自妨。

贈玄水先生乞南儀部歸省并祝二首

十載勳名萬口推，忍辭帝里向留陪。容容果是藏身策，嶽嶽原爲召妬媒。赤膽肯忘依闕念，清時豈老濟川才。丈夫悟得窮通理，趨寂趨炎總是孩。

塞馬何須問去來，生生從此是胚胎。百年駒隙等閒過，千載薪傳一脉回。南國蘭香仙署逈，清秋桂子故園開。高堂久已含飴待，日暖芝田蚤自培。

燕邸夜飲幾達曙步卜箴吾年丈韻二首詩選刻本

一第差池萬緒涼，獨留清興引杯長。醉看舞袖嬌千態，賽有歌喉曲數章。婉轉似從雲外落，飄颻恰泛水中央。燕臺苦樂分誰勝，豈遂沾泥不任狂。

明月當頭玉露涼，天涯知己話偏長。但浮大白澆磈磊，不覺疎鐘出建章。身外浮名何足繫，眼前樂事未渠央。來朝揮手相分去，慷慨懷人思欲狂。

與陸以時年丈聯舟予阻風獨後因自感愴薄暮追及喜而賦此

連宵樽酒話綢繆，此日當風苦石尤。我拙自甘迷路客，君才應得濟川舟。迴遭山色分還合，歷亂濤聲咽更流。無奈懷思禁不住，追陪仍向夕陽投。

咏塵二首 詩選刻本

詞家從古説京塵，塵到燕山勢轉神。滚滚黄龍鏖碧落，飛飛白鳥遶城闉。氤氲旺氣能昌國，浩淼恩波可濯輪。東海豈無清浄處，争如榮利不沾人。

廣陌紛馳午正闐，陰陰洒洒障車前。一行隸僕渾施黛，彌望樓臺尚隔煙。已逐馬蹄翻白浪，更隨風力出蒼天。平疇萬頃乾枯甚，何不疏渠作水田。

贈友

翩翩佳趣軼時流，蝸角浮名任去留。四望煙霞供嘯咏，一區花木解春秋。勉投時好惟青眼，不設機心付白鷗。更羡趨庭真茂敏，綵毫應續舊弓裘。

五言絶句

聞蛙

江南逢小滿，細雨下芳塘。閣閣群蛙遶，聲聲到枕旁。

春日有感四首

郊郭韶華滿，群芳次第開。花間雙蛺蝶，飛去復飛來。

漢廷會稽守，寒時若飄絮。束薪行且歌，山妻欲辭去。

莫厭三飡薄，空垂五馬涎。何如荆釵婦，抵死不相捐。

黄金當復來，俗眼何拙劣。但見夫君貧，不見夫君舌。

聞聲永寧刻本

四野遍吴歌，總是相思恨。悵焉懷伊人，一别春已盡。

獨眠

夢去渾疑是，驚回乍覺非。半牀空闊處，梁月落餘輝。

七言絶句

周伯繩年丈詩中有董幃句即韻贈之

江都疑是爾前身，天子臨軒歲在辰。自是幌幃關不住，北山猿鶴也嘲人。

挾策干時競祖鞭，上林春色是誰先。與君結伴雲龍下，共醉名花爛熳前。

遊子緘題墨未乾，折梅誰向隴頭還。不堪回首來時路，片片鄉雲隔遠山。

冉冉絲韁兩兩隨，天涯投分共征幃。遥知午夜燕山道，笑語村前月半規。

歷遍風塵六尺身，每從異國度芳辰。屠蘇不解家鄉味，天北天南總任人。

春色希微入赭鞭，街頭弱女試鞦韆。征人亦有憐春意，把酒相看落照前。

紫薇堂集卷三

明雲間陸明揚襟玄父著

與浦城徐石龍書

門下高曠絶倫，宇内無兩，乃樸遫如不佞者，亦以世誼之故收卹交末，實出屈體，敢云合調哉！家君卑僚拙宦，重辱尊公老師禮遇之殷，東門祖張，觀者嘆息。身被榮貺，能不感銘。及反林泉，僅見十畝蕪田，數椽敝屋，蕭瑟可思。弟則渺然六尺，歲托青氈主人向童子談經易一飽。陸生貧何如，雖然家君久廁名邦，洗如其橐，則或可藉手，不負明教。捫心自信，是以告棄歸來，都無逋臣氣色，唾壺之擊，或亦已矣！兹復蒙門下手書慰勞，讀之幾欲欷歔，然區區之衷，獲諒於賢豪長者，則寵藉已甚。異日浦乘中得足下如椽賜一二衮言，垂之不朽，賤父子感亦不朽。來秋此日，足下正當建鼓陪都，六代鶯花，爛焉增色，不知弟得望見清光否？役旋布謝，統冀慈原。

與古鄞屠仲椒永寧刻本

乙巳秋，拜尊公老師靈輀之下，白日慘淡，五内崩摧。幸一見老師母，以爲世兄猶得展孝慈幃，而不肖亦得以未報老師者報師母於他日也。去歲，金巽海至，不意亦以訃聞矣。不肖兩年來再喪家父母。誠有如尊諭「同病之憐」，然在不肖，則三年之内盡失四親。海枯山裂，眼血欲乾，二毛若槁矣！接台翰，知大襄有日，脱不能習磨鏡之技，即操瓢而南，以效素車白馬之義，亦所甘心然。而百爾羈紲，不能成行，先遣一价捧詞代申數。若人至靈前之日，南面頓首載拜，不知何日得發慟松楸前也。寸心良負，罪狀難言。佳城前議山中，今聞江口。萬物本乎土、返乎土，如是而人子願畢矣。如不肖二親淺土，卜地無從，心旌摇摇，何所終泊？不孝之罪，上通於天，則視世兄賢不肖相去遠矣！仰天一號，神與俱往。

與徐玄扈太史文鈔選本

吾社諸子素以名實相期，兄果翛然詞坦矣。館中鴻製何時刊發？倘惟吟詩弄賦，流連景況，非所望於兄也。留心民隱乃是經國根本，班楊何如丙魏哉！日者朱萬石南還，述高誼縷縷，具仞至性，他日仁天下亦猶是，庶不内負所學。顧世務甚紛，民隱難悉，勤搜博詢，以儲國用，當即今始。昔陶士行惜分陰，能爲今日之士行者，非兄其誰？弟故敢效芻蕘，幸賜採納。

與陳滬海冏卿

微行之日，適台翁有事青溪，不獲面辭，西望悵然。敝廬密邇，深荷高梧之庇，平時家人婦子輩慮無不景服清風，退而自戢者。廉立之化，百世猶興，而況在宇下者乎？兒輩幸收門牆，百惟指教爲感。不肖最荏弱，邇者爲潘氏事，亦捫心難昧骯髒不和之處，恐開罪于時人。此事誠愚，然亦自信于當愚，不甚悔也。倘其督過而中傷之，伏冀台下拯以片鼎。

與社友姚通所

恭聞榮列省垣，不勝忻慰。隨接教，詢及芻蕘，尤荷諄懇。以台丈迎刃之才，木雞之養，必有主持國是，迴挽紛綸者，洵社稷之福也。弟滯迹蒿蓬，見聞僻陋，無能爲故人助，第海隅一二利害興革未定，謹列款以聞，幸與採風使者一商可否。而台丈覆幬寰宇之澤，自此始矣。羽便勒報，伏惟珍玉，以膺大眷。

上王遂翁座主

日承老師留飲，見簿書冗沓，酲醲不御。此由焦勞太過，精力疲而民社福也。然不肖以爲，唇吻雖渴，冰水不宜多用。門下士於師臺，政如人子於親，親所爽口過多，子必從容微諫。發於懇誠，幸老師勿以芹曝也者而鄙棄之。兹上拙藝十首求覽，乞假片刻批發。

上邑侯魯人徐公書

敬啓包補一事，誼切梓里，敢特乞靈於台臺。蓋鹽有雖兩司，而竈之田傜從有司編免，六團、九團墩蕩爲海衝嚙而竈丁流亡，優免悉爲富家影射，竈丁有免之名，無免之實也。而鹽司課額往往徵解不前，總催賠費傾家，故前任劉父母議爲包補使，竈有實惠而豪强猾胥無能假冒，最善政也。著爲令甲，行之有年矣。不意華亭緩于催徵，而敝邑解户有稽延之誤，當路遂有廢革之意。但徵解愆期不過暫時惰誤，而革去包補遂貽無限害端。今幸鹽臺送臺覆議，海濱萬竈待命，此舉伏祈台臺俯念兩團貧竈獨有向隅之悲，准其仍舊包補，不至因饁廢食，俾得嬉遊於大造中，則拜荷明賜尸祝萬禩無窮矣。地方公舉冒昧具干，伏惟電炤。

與楊汾隅侍御

海濱貧竈，其墩蕩漸爲海囓，鹽課繁重，往年逃移者衆矣。包補之議，徵均徭不免之銀，減竈户繁多之額，使有司無詭冒之奸，而貧催實沾優免之惠。不肖弟進言當路，仰荷劉著翁老師毅然舉行，有年數矣。頃因華亭拖延，懲羮而吹齏〔一〕，欲并廢之。鹺司吴公極知此法之不可廢，已申明院駁矣。此乃海濱大利大獘，門下必有槩於中。顧顛委未明，恐有仁人之心而未洞閭閻之隱。敢特瀝陳，并曩弟所撰碑記以獻，伏祈俯鑒。借齒牙餘論，惠及桑梓，則一言利溥，其所係於生靈不小也。

與喬劍浦司馬

曩年包補一事，九團與六團俱利。從來詭冒之奸賴此稍剔，貧竈之厄賴此漸甦，劉著翁老師極善政也。一旦紛更，殊出意外，今幸鹽臺駁審，沿革關頭分於此日，不肖弟即稔知其便，何處可着其齒牙？惟賴門下高望偉論，自能祛大害，留大利。太尊處業已瀝情具控，漸悉其微，然非門

〔一〕「齏」，原訛「齏」。

下飛書一紙，則十萬師未足爲賢也。鹺司申文甚善，更得汾隅丈一言惠顧海濱生靈，幸甚。弟雖具數行，亦恐無足輕重，全仗門下轉致主持其間，令謳歌者不獨滿宦轍而亦且偏鄉閭，其爲行德慕義何如也！

又與喬劍浦原稿

月之六日因便附小書併碑記，而所載包補一事想徹台覽矣。事屬鄉隣，被髮纓冠，誠知非分，然亦仰見曩者賢伯仲之用心共成勝果，今遂紛革，不無濡手足，焦毛髮，與挽回補救之思。初九日，弟往晤太尊，爲陳説顛委，分別利害，與華亭、上海受累淺深分數，鹽課耽誤與不甚耽誤實跡，縷指而陳。太尊爲之爽然，索碑記收閲訖，且云：「只爲前申不相關會，故批革至此。其利病之故誠有如今所言者！」觀其語意，初無成心，似有機括矣。上海與華亭原不同，不得不蚤自白以塞首事者之意。如兩邑强欲同例，則似乎溺水者共扭則共淪胥耳。其事必主于道尊，此非弟所能僭舌地也，諒仁人君子必不當機蹉過便民美事。道府二矢全仰望於台下，惟亟圖之。

與同籍吴靈麓

自尊邸兩遷，晤語遂希闊，踵賀及賜顧俱不值，殊悵。倘榮發尚緩，再圖一晤也。弟有一恩家在古鄞，乃仁兄所河潤首暨之地，敢懇垂青。青衿屠一衡者，疑在府庠，乃是舊恩師屠赤水先生子。其制舉義與古文詞能世其父業，而醇謹抑又過之與。屠漢毗共宅而處，蕭然一貧，然聞其政能以貧自愛者。第不肖弟感報之私無從發洩，適在仁兄宇覆，輒爲冒瀆，倘蒙推愛屋烏，惠以翦拂，則赤水先生亦戴明德於地下矣。

與周恒山親家 照永寧刻本

來時荷蒙親家相挈，兩人志氣頗壯也；乃共鎩羽，顧才具太懸，年華逈異，則兩人塗轍不得不分：一以再淬于發硎，一以自安其鏞澀，分固應也。清和初景，車駕定抵家園，堂前視饍，膝下傳經，牢騷不平之感當盡忘之。弟初從真治丈移玉河東偏，親友駢集，飲博歡呼，可以消日。今出關外，投空門，相知隔絕，僧寮冰炭，相顧惟二三隸僕，默默誰語。抑或閒理白雲，又神疲不能久讀，但樹色參差，鐘聲嘹亮，一庭空闊，涼風時來，頗領閴寂之趣而已。弟棲遲于此，筭計不得，不然挺奮剛腸，圖迴冷局，有志聞之，不勝捧腹耳。雨窗淒其，布此數語。

與同籍王瀛壺

八月杪遊剡溪，見兩座師，隨抵明州謁屠赤水先生墓。茇履山川，雖甚勞費，然以不負此念爲快。舟回，復進别王老師，時在菊月二十一也。聞二十九日榮發之任，抵吴門當在月魄正恒，定應與年丈一圖晤觀濤。王年兄遇于武林門，握手數言，如列缺之光一瞬輒去。計隨使軺同返，乃歸維楊耳。

與同籍王瀛壺

弟曩得附年兄榜末，今兒輩復厠名令器籍中，何幸如之！顧才品高下政敻絶耳。小兒不幸，丁本生内艱，序屬居長，而弟已舉二孩，豈宜奪其烏烏之情？雖其意堅不欲遠弟，而弟固辭之，以區區教養不足媿所生之罔極也。已乞邑牒上大京兆。追昔聞修年丈曾有此舉，不識親供驗對何等究竟？伏惟指揮。

上邑侯

比因歲饑，萑苻竊發，一日數警，無刻安堵。竊惟官兵之設，專以衛民，不㬥布巡瞭則盜賊肆行，無復顧忌；保甲之法，期于協助，不嚴申禁約則比閭秦越，誰與禦侮？謹條上事宜，伏祈察實施行。

與諸同籍原稿

陶師翁伏苫久矣。不惟太師母當弔，即師翁亦當候。一日之知，終身之德，諒諸年丈有槩其中，而曩出分單未見響應，得毋以公車在邇，不遑他及耶？獨弟閒人，如不任此事，將來廢禮，誰執其咎？行之未爲慕義，而失之則甚負心。幸熟籌之。

與門人喬翰卿

新正，接手書，讀之髮欲上指。何物造此難端？語涉詭秘，在足下固不得不白，然僕思之，正論大義可以曉端人，若宵壬狼暴，頑不可開，不必屑屑計較。僕一生受人屈辱，或瀕危數四，心豈能忘？但不得不忍，無可誰何。僕猥瑣不足言，姑以身嘗者見例爾。足下且謂不急自明，必蹈不測，僕揣此中情勢，甚不然之。大凡事未至，則宜慎；既至，反宜寬大。易訓處坎之道曰：「維心亨，行有尚。」盍三復斯言哉！

與楊陶庵使君

比多淩雨，幸無大損，第難爲客子耳。霽後炎生，伏惟興居慎攝爲慰。敝友某棲遲輦轂下久矣。風雲未偶，壯懷鬱鬱，欲一覽河山之勝，問津貴部，則以兄爲東道主也。昔鄭莊置騎於郊闕，臨邛折節於馬卿，兄豈無意乎？且聞吾兄爲轉漕，慮造福無量，敝友此來亦欲助成盛美。惟門下有以命之。

上石阡守三山兄

拜別江干，倏逾半祺，弟重蒙教植，感入五内。青浦之録，中敗于仇喙，弟謭劣樸樕不足惜，獨吾兄曲成至意，負之良多，深用腐心耳。而機穽在前，坎窞在後，終不知安所税駕。勢孤力微，舉目無賴，倘吾兄閔其褦襶，機會處片言洗刷，起深淵而霽霄之，世世誦德矣。

紫薇堂集卷四

明雲間陸明揚襟玄父著

上許仰亭老師啓

至仁幬覆，鉅望嵩巍。榮膺簡在之寵綸，茂正銓司之端席。勛庸裴傅，升聞奚啻貳公；啓事山翁，晉秩旋超四輔。某海澨淪落，閭里凡庸。涸轍窮鱗，佇目江河之潤；槁畦寸草，延恩雨露之滋。過蒙引手泥塗，垂光闒冐。甲乙置其微技，俾桑蜉漸祝以成飛；翦拂殊其恩勤，使庸駑十駕而希驥。此之肇造，何異乾坤？兹值熙辰，祇通賀悃。愧斯蟻叩之微忱，仰徼龍光之末炤。

餞魯人徐公

伏以九重紫誥，起尾箕來暮之歌；萬户丹心，重牛女去思之想。榮膺一札，贊掌五兵。恭惟台臺雪柱玄精，天球國器，製錦江干蔽芾，褰帷陌上光華。仙署含香，少答屏書之績；掖垣簪筆，行膺喉舌之司。挺節巖巖，侍論思于朝夕；談兵亹亹，帶齒頰之冰霜。瀍洛黽河馬于胸中，文穿混沌；操猛虎神龍于掌上，武吸海山。左稷契而右皋陶，佇觀並列；前馬裴而後盧李，豈足擬倫？金紫雍容，宣入絲綸之閣；文章烜赫，願聞藥石之規。水酌一杯，便是張軌今日；才浮百里，謾誇龐統當年。苦節知心，何但附鳳之故；圭峰並馬，當思接佩之行。異縣同遊忽有五雲之別；相親交態，未辭一日之貧。叨民社之末司，荷陶鎔之鴻庇。扳轅無百計，賦太白之風去江流；廣廈有千間，頌少陵之顏懽天下。涓某日之上吉，展一腔之下忱。伏乞俯念離悰，實溢樽罍之外；垂情賁止，少污黼繡之瞻。對山斗於斯須，移蓬萊于咫尺。鞠恭鵠立，引領鳳來。

上徐公祖

伏以兵樊賤植，溝壑纖鱗。奥渫孤踪，徒警心於駒隙；攀躋素悃，惟戴目於龍圖。恭遇大師相徐夫子，鉅德霖蒸，隆望鼎峙。鹽梅在匕，而採掇壓於菲葑；柱石弘基，而苴蓄遠諸楶棁。是以鴻慈俯注，尺寸成林；大造垂滋，槁枯立起。五葺駐節，已雪單寒於困憊之餘；九列崇階，更進羈窮於雲天之席。雖一顧且等二天，況十載有如一旦？恩隨榮集，感與涕并。兹修芹曝之微忱，祗仰台薇之委照。

上某公〔一〕

恭惟臺下心同玄造，操比截肪，惠日滿乎蒼黎，清風遍於海浦。灾荒之候，政倚調停；痌瘝之民，倏攜怙恃。悵攀轅之罔及，圖貞石以志思。如某一介鯫愚，百蒙函蓋，荷萬物同春之闓澤，懷三代公好之遐心。愧輿誦之莫伸，徼龍章於載錫。春温下逮，儼對芝蘭；□□遥臨，輝生蓬蓽。伏願仁孝以節宣爲大，經綸必大展乃光。節鉞重責於三吴，德教旁馳於九有。

宴靖江邑尊敏卿趙公啓

伏以鶴奏朱絃，日暖河陽。花作縣鳧啣墨綬，風清洛浦玉爲人。慶恰菁莪，懽迎竹馬。恭惟台臺心清於水，仁行如春。文彩爍南金，自是賦五色日之手；和光靄璞玉，直不減萬石君之風。崇階徐陟乎三台，魁柄暫先於百里。試虞詡以朝歌之往，盤錯可知；得尹鐸爲晋陽之行，保障有賴。鑒衡懸白日，魍魎晝逃；冰玉隔紅塵，苞苴夜絶。鉤鉅不施而情得，蒲鞭示辱而令行。雞之刀借牛之刀，蕞爾應來莞爾；臺之治即偃之治，江城便是武城。甫下車而治若烹鮮，一傾蓋而人

〔一〕原缺，擬補。

飲醇酒。未誇三巽，寧數十奇。願期月以還，鯤鵬擊三千之水；祈郎星蚤耀，鵶鶘浮一雙之灘。化漸浹于甘棠，澤更深于棫樸。如揚青氈，承顧盼，榮接龍門；□□〔三〕丹悃，切瞻依，思扳鸞旆。謹涓穀旦，端展芹衷。採三山之蔬，媿是虀鹽淡薄；烹一泉之茗，慚無水陸奇珍。候政府之遑，借閒半日；過賓筵之重，密邇二天。聽琴納薰風，官舍之冷自解；舉杯臨福曜，蔀屋之照良多。對山斗于斯須，移蓬萊于咫尺。届期鵠立，引領鳳儀。

劉侯定議包補碑記

海邑東枕溟渤，海壖之人煮海爲業，列團者九，爲場者三，所輸納竈課，各量度水土分別輕重有差。國家恤竈勞苦，每丁特復其田徭銀二錢九分，甚渥恩也。其竈課悉掌之鹺司，而田徭優免則從郡邑審編，各不相侵，所從來久遠。迨後海水浸淡，鹽利浸薄，墩場多爲波臣所嚙，往往鳥徙散去。於是竈不必有丁，丁不必有田，其應免姓氏强半入於富人之籍，富人與奸胥爲搆假竈丁若干名，積之數年，遂詭冒官錢無筭。喜事者陰持齮齕之至株引成獄，没微利於前，易大患於後者時有之。竈丁既多流徙，鹺司之總催或畢世不識其人，課無從辦，則廢箸鬻子以償，抑或共爲鳥

〔二〕 據文意似脱兩字。

有耳。下砂諸場惟六團、九團爲甚，計莫可如何，則議鹺司末減課額，而有司盡徵徭銀補之，名曰包補。當事者議之有年數矣。丁亥、戊子間，監司亦嘗可其議，行期年，指爲徵解失時，尋復停罷，困憊滋甚。我豫章著翁劉先生名閥來令兹土。其於利病興除，如建閘疏渠、革總清役，皆若矢赴於的，爲世永賴更僕未易數矣。至包補一議，先生閱其後先文移，憮然曰：「徭賦、鹽賦，等賦耳。優免得恤竈名，包補得恤竈實，何事首鼠紛紜之爲？昔之報罷大率富室陰撓之，胥吏中格之，而鹽場攢役又借成法之名，留賦額爲漁獵地耳。如虞徵解非時，何不峻設非時之禁，乃至懲羹併吹虀乎？且變起于窮，害去其甚，天下事何法無利？何利無弊？要在神而明之，使實惠沾溉民間，豈泥一成之條，失惠民之意乎？」遂臚列利弊上監司，除首場課輕者聽二三場課並重[一]，不問其催竈之陳乞與否，悉準是法推廣遍逮，包補之議乃定。蓋先生以真實心持炳烺鑑，故燃犀破怪，迎刃解竹，苟利民社，斷而敢行。即今諸團中國不廢額，催不破産，恩波無壅格之虞，亡子有復業之漸，皆先生賜也。夫世之平政惠民者，不過轉移其間，甲有益也，乙或有損。獨先生斯舉，傾擣奸人之窟穴，蘇息赤子之脂膏。百催千竈，獲沾潤於錙銖；而貪人猾胥，無開罪於詭冒。通變神化，足民裕邊，如天之福，豈有量哉！父老子弟，無不社而稷之。會先生以治行高等膺召，蔡

[一] 「二三」，嘉慶松江府志卷二九引作「一二」。

順、喬輗輩將圖貞珉以無忘先生之德，并冀後來者無墮先生之政，故徵言於不佞揚。揚爲先生門下士，受剪拂恩最深，且海濱人知海濱事，遂忘其陋而作之記。雖然，異日者得無疑阿好乎？則有萬竈之心銘在。合邑縉紳士與攀卧之，萬姓扶攜而前，歌咏鐫石，肖貌專祠，遂爲東海盛事。則又有縉紳士與攀卧之萬姓在。先生名一爌，號著泉，江西南昌人。

徐侯重濬趙家溝碑記 代三山兄作　照石刻

海邑之東鄙與練川壤接者爲二十二保。諸區環抱溟渤，厥土高亢，其潮汐從西北吴淞口逶迤而南幾五十里，東入東溝浦，分注各河。若趙家溝，其著者也。趙家溝橫亘十有二里，綰帶高行三鎮，東抵備塘，沾溉數萬畝，歲輸縣官粟萬鍾。鹾鹵、薪布載之出，米菽、材料、百貨挾貲行機利者載之入，蓋亦東鄙名川也。頻年旱魃屢災，潮汐雜沙而至，黄赤如糜，其緣河奸民，或平時陂塗以拓尺寸，植扈以罔漁利，實助之虐。於是水勢之去來弗獲駛疾，而泥沙頓積矣。垂之十年，僅存若帶，扁舟爲梗，商人擔負而趨，計無所牟利，則轉徙而化爲烏有。三農束手懸耜，仰天號呼，油油緑野彌望爲石田，痛忍言哉！士民屢愬上官，屢格不得請，即蒿目，任事者亦憯然失色，謂此河無復通期。辛丑春，居民沈校、顧隆、陸信輩白狀直指何公。直指公心知大令徐公媺績業，濬肇嘉浜諸河茂異種種，乃下其事。大令公立召父老集廷下，廉得實，慷慨申令精簡贊政徐君專董是事，授以方畧。贊政君至，日食一菜脱粟之飯，執畚鍤爲氓庶先，矢心飲冰，即或具壺飧餉左右，戒弗享也。役夫雲集，度其道里遠近，别之等差，清占奪，復故址，强者通刺以殺之氣，惰者蒲鞭以示之罰，遠而餼弗給者則分俸以續之食，蓋人人鼓奮矣。而大令公程督之，檄又日下。時令公適報擢大司馬職方郎，車馬有行色，猶拳拳不忘是河。則以四月五日告成事。是役也，始建議時春及季矣，里人鑑已事者竊非笑曰：「唉，謀之數十年不得，今時日幾何而妄議大役，晝餅庸得啖乎！」初落落難合，甚者或陰撓之。乃贊政君從容指麾，不愓不疚，甫浹月收成功。凡闊六丈，深丈餘，長三千丈有奇，幾與向者肇嘉諸河埒，則其廉勤之底績而令公風勵諸司之明驗也。人亦有言「俟河之清」，余不佞髮蕭蕭短，見是河再塞再疏，顧無如兹役之偉且捷者。然猶竊有生楊之慮：夫十人樹，一人拔，幾無生楊。蟻穴能潰堤，一葦獨不能障流乎？兹願與食土之毛者約：毋或如曩之干犯紀法、營私塞流，則當事者令德垂之永永，而子孫黎民與有榮利。余季父少尹豫門及中表州貳守養誠屬不佞記其事於石，故不辭無文而詮次如右。

紫薇堂集卷五

明雲間陸明揚襟玄父著

蒙冤畧節

族兄元勳，向以唆惡著名。揚父生員柝，與惡居鄉鄰近，被謀命產成仇。萬曆八年正月內，乘父在城收貯櫃銀，揚亦幼年在城附師楊青萍受業，隔家四十里，惡輒唆伊外父曹忩逼占義男吳祚，拆散伊妻，致祚於是月二十一早忿縊。慌計惡少李位將帶釘門木打毀屍額，希圖賴害以釋己辜。屍母高氏指實告縣，惡反陷揚姦殺，妄執生前打傷，陷絞解府，駁批青浦。高氏及屍兄吳梅隨將惡等殺陷實情控告前院田，亦批青浦縣屠，簡係死後殘屍。審揚果不在家，又經里甲七十人及李位家主李昱等心各不平，呈首真情，結揚無預，蒙將三兇擬配。揚豁供明，一面解府，一面申院，亦批仰松江府覆問速詳，轉發華亭縣楊，覆簡審無異情，解府。蒙府主閻添拘業師家人楊忠貴等，結揚果在館中講習，並無回家，蒙批開「陸揚向在貢生楊繼隆家講書，原非在家先行姦也」。九年三月十一日准供訖，豈被惡等百金買囑權書滅不詳，院改送理刑徐。當年八月十五日亦審與揚無干，批開「華、青二縣審已得情，各犯亦輸服無辭矣」。二十三日招揭解府。豈惡等于解府之際，復賂前書譖稟府主閻，抽出三月十一日准供及楊忠貴等結狀，仍各利口幫執，以致復送理刑徐。比時又遇前院曾臨録，亦審與揚無干，各惡重責案驗未轉，即蒙理刑徐覆審極察揚寃。但府主業已聽讒，而揚眇然孱軀，羈紲内禁，恐泰山壓卵，命不可測，隨改外鋪，面諭隱忍認徒，日後再處突改「吴祚偷盜櫃銀，揚打致縊」，擬贖二年，各惡倖免。申詳前院，於外雖遇赦恩，但心跡未明，有干向進。痛思揚蒙寃之日，尚以齠齓，離家從學，一旦飛陷重辟，網禁三年，固合郡縉紳塗人所共知者，況照據誣生前打傷頭骨粉碎，則宜當時即死，安能復有縊痕？歷簡骨碎無芒，顯係死後殘毁。初陷之時，但誣姦殺；二年以後，突稱盜銀。寃情顯著，幸終得白，再覩天日，聊記其畧云。

蒙寃略記

揚祖文學悟庵翁，元配沈孺人，生一子檣。既長，病故，沈後無出。復娶葉孺人，生子柝，即揚父豫門翁也。在嘉靖庚寅歲，祖年已踰壯，雖學士文裕公貴顯，祖爲介弟，素董鄉賦，家頗饒給，與從子輩同居。中有名楠者最險惡著名，其二子勛、勣復武健貪忍，利我祖厚貲，藐我父幼弱，每竊倉鐍出粟數十石，恣取無厭。祖獨身寡助，亦無如之何。揚父至髫年即倜儻能事，惡不得恣取如前，由是深啣我父。時先學士已謝世矣，家聲中落，祖賦役重煩，會計一鄉，轉運萬里，勢搶攘危若朝露。惡乃乘間爲奸，幸我父出就督學試補博士弟子員，悉發情獘，訴于兩臺，積患一洗而惡無所肆其謀，然憾益深矣。祖享年八十有七乃徂，我父仍與三惡同居，孤孑少援而賦性介直，無所隱諱。惡孽密持謀，窺伺過失，思快夙志，久亦不能中害。歲在萬曆丙子、丁丑間，我父困于築堡斗級及長收重差等役，度不能支，争忤邑令敖，令有意過督之。惡乃投間抵隙，力圖傾陷。時不肖年十有八，攻苦力學，稍有聞譽。惡黨側目，相與爲奸，謀益力，且謂刈草者必去其根，怨其父而遺其子，自貽之戚矣。於是乘父在城收貯櫃銀，揚亦在外附名宿楊青萍受業，隔家四十里，唆伊外父曹忩逼占義男吴祚，拆散伊妻，致祚忿縊。即鈎惡少李位，將帶釘門閂打毁屍額，促忩誣訟我父及揚於邑令。令挾私憤，不論曲直，將父褫斥衣冠，不肖擬絞。解府，幸府主駁批發青浦縣，然猶係獄三年。辯諜紛紛，不得昭雪，家業盡傾，叩閽無自。適寧波赤水屠公爲青浦令，到任甫一月，夜行聞禁書聲，心疑寃獄，乃覆按前由，即提惡黨廷鞠。惡猶强詞力辯，公拍案怒目叱曰：「此真不仁之人！」隨唤揚上堂，出「人而不仁如禮何」題面試。揚帶手鈕潦草拈就。公嘆異至再。緣上臺未經申理，特寬揚外舖，日給三飱，夜給膏火。具文申白司李岫雲范翁、檢吾徐翁，同力昭雪。惡復挾厚貲買囑權書，進讒於府主閻，逼令擬贖，以礙日後進取。揚念不甘擬贖，恐泰山壓卵，命不可測，徐、屠兩公俱面諭隱忍認徒，出獄之後當再申理。不得已從之。是後復具呈郡邑，辯明心迹，并蒙開徒。計揚之受寃在戊寅而昭雪在壬午，時年已二十有二，而惡每於考試時百計中傷，致揚又淹困十年。歲庚寅，惡兄弟憲犯入禁，揚得就試爲邑諸生。萬死一活，幸邀寸進，曩年寃跡，何必掛齒！顧以硜介之身，受非常之禍，或咎余父剛直所致，是既受其寃而復加之過也。不勝憤恨，乃就本末而記之。時萬曆庚寅夏日。

上海縣改折議上撫按兩臺

竊惟則壤成賦，固體國之恒規；而通變宜民，實救時之急務。照得本府所屬俱派漕糧，但各縣地勢平衍，止水深闊，多種稻禾，以其所産供其所需，公私兩便。惟上海縣，傍海沙瘠，斥鹵之鄉，高亢之地，貯水既難，無從車戽，故種粟非便，多植木棉。夫木棉柔脆，澇則渰爛，旱則枯槁，颶風時作，梗折枝摧，較之數歲荒多熟少。即使幸逢豐稔，米無從出，其漕糧南北運等項必將所獲棉花減價求售，或近糴之蘇、常，或遠貿之江、廣，輸運甚艱。時亦有客米〔二〕浮海而來，商人以遠販之故必索高直，居民以催併之故甘受勒措，迨至客米上倉，則糧長刁艱索贈，倘其漕額未足，

〔二〕「米」，原訛「未」。

則豪軍逞勇憑陵，花荳條若泥沙，米價忽如珠玉。往年頻稔，尚苦支吾；近歲屢灾，益難措手。故併白銀一項亦愆期不能輸納也。目今救敝良方，莫若懇求改折。蓋改折則民家斗粟尚不至罄竭無餘，而所産棉花亦不必登時易米。省其賤賣貴糴之苦，則民自舒；成其木棉織紝之功，則利較溥。將使數月之内悉完各項官銀，此亦國家之利也。更計所折之銀給軍尚有餘羨，民不傷財，國不減課，則改折之計何礙上供乎？而況備禦地方，則尤不可一日緩者。蓋本邑當海道襟喉，爲東南重鎮，如嘉靖三十二三年，倭報乍傳，隨達城下，蔓延腹郡，害及留都。若海邑者，信夷舡出入之必由，江南安危之獨繫者也，强兵爲要，足食尤先。即今富家巨室，歲無百石之儲；窶户畯夫，日資升斗之易。平時猶賴四方轉運，萬一有警，亦安能驅枵腹之民，嬰空城而守乎？若此者，凡以地不産粟而轉漕滋耗耳。今島夷未靖，禦備宜周，欲固疆圉必先要地，更當處置得宜，養其全力，俾民有卒歲之儲，邑預備兵之粟，則海邑安而東南有賴矣。今國家歲縻百萬以固北邊，獨不能假一箸以爲防海計乎？且以出粟論，則江南諸郡孰若本縣之極艱？以寇患言，則沿海諸鎮孰若本縣之最逼？即邑以海名而知他非所例矣。且鄰邑嘉定亦以苦于出粟，欽允改折，行之廿年，民漸樂業，明效已著；至如海邑，生寡食衆與嘉定等，而險要當衝又有與嘉定不可同年而語者。澤中之鴻，嗷嗷欲訴。兹者幸遇仁臺，存心當世，目擊時艱，念海邦易粟之難，計重地當培之故，特賜請題著之令甲，甦民困而漸復流移，裕民力而可資保障，則不惟海邑生靈幸甚，實東南幸甚，天下幸甚！

包補法覆議上鹽臺

竊惟立政者，害去其甚，利從其十。利害相半，固難久行；利九害一，猶非全筭。若夫搜奸人之窟穴，拯萬竈之顛連，毫無損於國課，大有利於民生者，包補之法是也。今甲凡糧稅、均徭等俱屬縣官考成，獨竈課職在鹽司。而上海諸團墩場久爲潮汐衝嚙，水淡利微。竈户日瘵，課價難完，逃亡流散；總催廢箸鬻子，望洋代課，哀籲無從，爲患已久。夫竈課者，竈丁所輸重務也；總催者，鹽司所編竈中殷户而各團場官所督率以辦課者重役也。竈丁亡而總催敝，竈籍幾空，課價益難理矣。往蔡龍等屢將前患呈院道，院道行勘而前劉令申報，云：「查得恩典，每竈一丁應免田徭銀貳錢九分。夫貧竈流散，安得有田？多爲富室豪家與奸胥相挽冒名詭免，竈户毫不沾濡。方今救弊，莫若鹽司未減課價，本縣將均徭槩征，以富豪冒免之銀抵無從可辦之課，是謂包補，於法甚便。」於是院道批允，著爲定例，頻年來殷户稍息，貧竈得蘇，亡子漸反，有明效矣。不虞別縣徵解失時，而喜事者遂生歸場之議，謂宜仍責總催辦課而場官督率云。各催及各竈聞之，驚怖流汗，憂心如割。某等切思包補一法並不害及一人，亦不少損課額，其所不便者，獨有富室無從詭冒，奸胥無從染指耳。但不知祖宗恩恤與上人秉衡，果將優養此輩乎？抑將澤及萬竈乎？喜事者欲更之意，不過曰有司徵解失時，又曰鹽司與縣官礙體行催不便。夫華亭別縣，某等不知其詳；至於本縣，常年通關批迴可查，若其失時，自有明法，安得見刖廢屨？至云司縣之體，即如水鄉蕩價向在本縣徵解，未嘗墮悮，何獨包補遂稱不便？乃罔恤民憂，欲蹈前轍，殊爲詫聞。且墩場衝嚙之後，正供尚不能給，縣比尚不能完，而場官卑職得行於逋逃之户乎？抑責之總催而不顧其俱斃乎？不可不察也。切見徐分司申詳横浦場包補事例一如水鄉蕩價，竟入有司考成，不復關涉該場，致生推調，如此，則礙體之嫌與歸場之議可盡捐釋矣。伏祈台臺詳究利害，嚴示遵守，令奉行者曉然於此法之立，上下均利至便也，永久無斃至善也。且事關民生，非可數數紛更者也，則貧竈幸甚，萬靈幸甚！

濬虬江議上邑侯

竊惟本邑水利，黄浦、淞江，其著者也。吴、會諸水盡由是以歸溟渤，所繫非止一邑。自淞江屢疏屢塞，而黄浦獨任宣洩，於是利害不侔矣。兹不暇具論，而論本邑之支流。支流碁布甚衆，要與鄰壤相接，通行李之往來，利泉貨之出入者，尤爲要津。昔人營立縣治於大浦之濱，不特以巨浸環其左，謂可西通内地，以轄海隅，且控往來出入之要會也。請自邑治按之：由浦南行十里，入龍華港以達於郡，則藉蒲滙一河；由浦北行三里轉西，經柵橋以達於嘉定、太倉、蘇州，則藉虬江一河。是二河者，兹邑南北之咽喉也。如舍蒲滙而泛南浦，驚濤飄忽，暴客縱横，非可常試；如舍虬江而由泓口以抵江灣，率皆村落小港，淺隘紆折，芥爲之膠。孰若二河之安瀾便捷哉？誠所謂要津而不可一日壅者也。辛丑以來，兩河告淤，農商交絀，海甸萬户傍徨無已。幸會執事捧符涖止，俯察民瘼，首事畚插，席未煖而蒲滙四十里之津告厥成功，達府之徑大通矣。士民手額，咸謂不日而虬江可並舉，忻忭無極。詎意再歷寒暑，疏導無期。日者父老連呈候命，遲久未下。豈以蒲滙疏而虬江可塞耶？抑大役難屢動耶？或亦未審形勢之緩急與夫難易之分數也。伏按虬江東接大浦，浦潮一至，頃刻灌河，沙隨潮湧，其停瀦易；然潮勢迅急，苟疏瀹以時，蕩滌亦易，固通渠也。因萬曆二十六年，塘長偷安苟簡塞責，遂至積汙，阻隘難行。如距太倉百里程一日耳，今必四日；距蘇州二百里程兩日耳，今必六日。士民畏蹇滯則紆行南浦，險盜叵測，商賈不利涉險，則起剥負擔，勞費倍蓰，役車告哀，百貨騰湧矣。去夏僅浹旬不雨，而禾苗傷；去秋僅霖霢旬日，而木棉燬。其在三十保等區，雖傍吴淞，因水口漸塞，亦引虬江之流以潤桔槔；今虬江堙，復何所資？旱澇無備，婦子仳離矣。此則形勢之急而不可緩也。僕嘗履其地而度之，循江西步二十里即屬嘉定縣界，奚家橋水道頗深闊，獨在本邑界内者多淤耳。然二十里之間，淺深、寬窄更自不同，其最淤者不過十五里而止，非有紆迴綿亘之遥、浩繁而不可舉者也。計工止須塘長三十餘名，各排年分段起夫，非必動費官錢鉅萬、肘掣而不能專制者也。其地方民居稠密，昏夜行舟，保無盜劫之警，非若向時吴淞一望無烟、極目灌莽、鹽盜出入恣横而難於究詰者也。底闊五丈，面闊十有一丈，加深一丈，嚴限畢工，期以二月竣事，而嘉定、太倉、蘇州可由此以達矣。此則疏導之易而無所難也。執事已濬蒲滙四十里，矧此後事半而功倍者哉！自古名賢，未有不究心水利者。永樂間，夏公原吉嘗濬范浜以接大浦；穆宗時，海公瑞大浚吴淞，布袍蔬食，躬行勸勞，則虬江之滸莫不有其車轍馬跡焉。執事勛名，寧讓古人乎？夫身膺民社之職，宜任民社之憂。今吴淞復淤，爲邑大患，且支流三百，壅者過半，何一非執事所當熟籌者？然經國大業，次第修舉，蒲與虬二役爲之權輿矣。

移鎮防禦議

竊惟瀕海偏隅，州縣棊布，聲勢互援，其相隔最遠者不過四五十里。惟上海西距府治百里，北距嘉定縣治八十餘里，南距浙江地界二百里，而東至海壖則不及四十里，是誠遠于應援，迫于危險，孤懸之特甚者也。嘉靖壬子，倭夷入寇，上海被禍最先亦最烈，有明徵矣。故曩時當事者相海舡從入之處建吴淞所城，壓以重兵，鎮以總戎，迄今越五十年。而吴淞闕塞，海水從東北李家洪衝决闊大，直達黄浦，去所城懸隔十五里，至上海城則較近二十餘里。夫所城遠則防禦難周，上海近則舟航易達。萬一蠢爾竊發鼓棹，順流不移時可達城下，聲息不及傳，備衛不及施，此某等處堂之日抱不測之憂，誠旦夕危疑不能帖席者也。度其地勢，必宜移置所城，第工力浩繁，更張匪易，然坐視疎虞則尤不可。伏查松江府海防廳，專爲防海而設。一府三縣，獨上海一縣枕海，爲華亭、青浦門户。邑治舊有海防道衙門，垣宇森然，往年同知羅公嘗坐劄其處，後因承平漸懈，且或者倡爲移鎮金山之説。夫金山荒郛耳，又無洪波巨川可揚帆深入，參戎憑陸而居，依城而守，自足保障，何煩别議？且地極西南，去川沙、寶山諸堡百五十里，勢難遥制。惟上海較爲中處，而庫獄倉庾四十萬税糧之地，聲名文物數百年訓聚之邦，忍令其孑然遐棄，無專官爲防海計哉？夫邑令專城，豈難兼局？第於沿海軍司分不相統，故文移每多擔閣，羽檄往往後時。誠莫若海防移鎮邑中，申約束，明節制，則弁司稟仰，塘報絡繹，可坐籌而預備也。至若李家洪口，請申飭寶鎮堡吴淞所東西巡瞭防守；其餘沿海川沙三團窪蕩之處，當令各造戰艦，練習水兵，嚴哨望焉。夫統制近在腹心，則中外不懈；防禦周於耳目，則戎寇自消。如是而孤邑安，孤邑安而華、青之門户完，三吴之籓籬亦固矣。謹議。

紫薇堂集卷六

明雲間陸明揚襟玄父著

貴溪尉劉公墓誌銘文鈔選本

公諱文榮，姓劉，號凝宇。其先由六合徙澄江，再徙於靖，遂爲靖人。族屬繁衍，代有傑士。公考曰效耕，妣朱孺人。家世中落，孺人又早殁，公故棄儒術，鋭精耰鉏播斂之事，偕室人亦朱攻苦操作，力致甘脆以奉效耕翁。效耕翁安之。久乃生計日裕，其仲文傑、文極、文標俱幼且多慧。公曰：「我少以食貧棄儒，今邀天幸，漸就贏矣，奈何復令若輩屈首蕞蓑，不遊大人以成名！」爰資諸弟就學。既而諸弟次第入庠，效耕翁益樂甚。及仲極無禄，遺藐諸孤，公又爲置别業，令各有樹立，且家累一不以煩傑，曰：「令器需其有成。」傑遂剌剌有聲，食廩餼，居然諸生中上駟矣。時公惇讓愈篤，而家業愈隆起，田園倉積數倍疇曩。越數年，公竊念曰：「吾翁春秋高，而弟又浮沉荏苒，短檠效淺，未知税駕何日。脱此六尺軀没世，長爲農夫也者。

丈夫襟期之謂何？而抑又何以娱親？」於是應天子詔，輸粟入邊，謁選入，授貴溪尉，峩峩章服，歸以拜其高堂，而效耕翁喜可知也。當公伏田間，與家人同甘苦力作，詎其時無鴻鵠之志乎哉？命與世違，遵養時晦，運其智略，猶足素封。古稱陶朱公三致千金，諒不越此。一旦乘時策名，化褦襶爲軒冕，佐理巖邑，視其宰之事一如其幹辦家事也，噢咻其邑之民一如其撫諸孤，馭臧獲，生養孳息，靡懈之日也。藉令公膴仕當途，風雲玄感，所建豎不更卓犖古今，而寧遽出陶朱公霸越下哉？公施未竟而效耕翁忽以訃聞，哀慟幾絶，苫處三年，竟不復仕，則知公曩者之捧檄果爲親屈也。葺治先人遺居，更諸爽塏，然終不爲張大規模，曰：「令其可繼構書屋數楹，日督其子與弟之子而課業焉。」居無何，俱補博士弟子員，蔚有文采。析猶子産惟均，尺寸無所私。族有悍不馴者，爲人齮齕，公出金帛爲救解得不及於難，然亦弗令知。每族人坵壠祭奠諸費，輒以身先，貧不能舉者代之舉。歲時伏臘，畢引宗戚同堂聚懽款洽周至。生平待物必以禮，雖齠稚勿欺也。對客浮白劇飲，竟日乃罷。然或縱暴相凌，即强有力弗少遜，以故里中宵輩或唧之。方是時，公兄弟濟美，而傑且起家明經，負時望，籓籬完固，唧者繒弋亦無所施。及傑遊燕都，溘先朝露，季標亦坳，公痛惋幾于無生，而抵隙者輒起，曰：「圖之此其時矣。」相與搆彌天之綱，計以出公金錢。一時當事者皆廉公寃直之。而公胸中隱隱怦怦，不覺憤懣，以爲「若輩利吾財耳，何事造爲汙衊不經見之語以相加遺」。遂病恚不復起。其古朴剛方之性，不習爲繞指〔二〕柔，一激而殞，勢固然哉。蓋公能以猷畧内治生、外治邑，而不能弭鼠雀之釁；然鼠雀能奮其牙角以困公，而不能掩公德業行名之美。公既歿，頌公義者益籍籍云。公生于某年，卒于某年。今以某月某日卜葬于先塋之次。子士焻，予門下士，知予素仰公行，乃手狀以墓石請，跪而泣曰：「非先生莫銘先君子。」予安忍辭？嗚呼！公以正持身，以勤底績，以孝友詩禮裕後，卓然人傑也哉！謹次其事而系之銘。

銘曰：昔胡以乏，今胡以饒。俄事田畝，俄服官寮。人謀允臧，平格非遥。咄彼鼠雀，恣爾囂囂。公形雖瘁，公神不撓。晦而彌明，抑而彌超。水不必深，山不必高。藏之千秋，實録永昭。

先府君豫門公暨先妣張孺人行述

先府君諱柝，字時豫，别號小庵，筮仕之日更號豫門。先大父悟庵翁爲邑諸生，元配沈孺人。既有子橘矣，苦單弱。復委幣於葉，葉亦里中舊戚，素重翁爲人，即以女貳，無難色。遂舉府君。府君未離襁褓而伯橘殤矣，故府君於大父爲獨子。大父時將艾年，家事饒給，倉積羅列，雖詹事儼山翁貴顯爲介弟，然數董鄉賦，身强半在公。猶子輩多同居，中有黠者，謂嫡冢夭喪矣，藐焉弱

〔二〕「指」，原訛「脂」。

息，視若烏有。每啓翁倉鐍出粟數十斛，且曰：「直須時耳，將瓜裂而有之。」浸浸乎有窺鼎之意焉。是時大父徭賦日繁，一區中故列催、收、解三色，獨身仔肩，會計一鄉，轉運萬里，奴輩遂乘間夤緣爲奸，所侵牟軍糧以千計。大父策無出，勢搶攘危若朝露。府君未弱冠，習舉子業，足不窺外户，以嘉靖戊申出就督學象岡胡公試。將唱名，門外勾攝人相與謀曰：「此子設不售，即收置獄中。」俄報售，乃獲免。府君遂悉發軍糧侵弊，訴于兩臺，詞旨清辨，當事者無不改容，積垢一洗，大父眠始帖席矣。府君文且才，先母張孺人以儉勤佐之，待諸妯娌敦睦無間言，於是黠者念稍息。歲癸丑，島夷忽訌，廼移家西渡春申浦，僦一廛避寇。兵燹狼籍，百物踴貴，斗米直千錢。先孺人每篝燈手紉衣履鬻諸市，以供大父母及府君之饔，差賴不乏。故居逼邇海壖，爲王大父東隱翁手創，規制宏敞，材料合圍，島夷窟穴其中，一堂之内列竈數十。時或將鳥獸散去，則取所掠舊衣裙蘸膏油懸諸屋梁，縱火，火輒熄，不爲害。里中有嫉府君者，陳説當道，欲夷滅以傾賊巢。府君曰：「賊據，無奈何也，不久當退。爲人上者，方保愛民間室廬，爲異日棲息地，豈其狃目前而夷毁之？」督府張公聞之，議遂寢。三年，寇平。還里，課臧獲力耕，先孺人爲治饁，遣婢子餉田間，而府君手一編晝夜咿嚶不息，凡五經、史、鑑、語録、性理諸書，靡不淹貫，皆手自輯録，至於再三，迄今手澤存焉。大父爲作斗大法書曰「耕讀之門」，榜於廳事。榱題無恙，庾廩漸充，視昔鼎盛時稍半復矣。壬戌，祖母沈考終，哀易如禮。既免喪，復就督學試，荏苒十九年，無甚短長。

乃應例遊太學，大爲司成姜公鳳阿、王公荆石所器重。四方名彦如袁君了凡、彭君岐陽、陸君玉崑先後並登第，無不莫逆府君者，蓋府君古樸伉爽，不輕與人締交，交則雖久靡間，絶無近日纖阿濃鬱之態，故士林争重之。及竣事歸，大父與葉孺人俱垂白高堂，壬申、乙亥相繼升遐。府君卜吉壤，奉嫡母合厝如禮。大父享年八十有七，性喜甘，至暮年，飲食如嚼蠟，府君與先孺人謀以白糖調入秔粉中，大父喜輒下咽。里人爲之語曰：「老者含餳弄孫，孝子和糖養親，此亦豢高年之一法也。」先孺人早育三子而最後側室舉二，其一早世，愛撫之皆不啻己出。長聰慧絶倫，年十一過目輒成誦，十三能屬文，府君絶愛憐厚期之。然以誦讀過苦，十五輒斃，二親幾不欲生，不肖與弟明允又蠢然稚齡，謂書香莫續矣。已而，痛稍解，乃復課不肖。一日解書義不稱旨，府君執朴，將下則垂涕數行，蓋深惜不肖并念不肖兄也。不肖從此頗自砥礪。然賦質庸下，既成童，試輒不偶。會府君屢困築堡斗級及長收重差，費輒千金，度不支，苦争，忤令尹，令尹有意督過之，而黠者老尚善飯，其孽虎而翼，最武健深險，投間抵隙，以爲曩時窺鼎不得，當撞破玉斗，令散漫人間，一逞數十年包藏之螫毒也。蓋自萬曆戊寅至壬午，蹂躪殘破，蹈籍旁午，或嗔目語難，或竊帑以逃，府君廿載青袍，不肖沖年鋭氣，若一切付之無何有之鄉。然府君酬對從容，神氣清遠，縱當甚盤錯時，滿引大白，微酡，齁齁卧，而中夜操畧每達於曙。青溪令赤水屠翁、司李岫雲范翁、檢吾徐翁，共昭雪之，出一生于萬死之中，四壁蕭然，先緒僅一髮懸耳。其詳具見蒙寃雜記中。

歲庚寅，府君週甲再始，不肖甫受知仰亭許翁、濬源詹翁、立臺柯翁，爲邑諸生。壬辰，食廩餼，府君爲之頤解。每遇試輒索稿亟讀，其或筆札未辨，輒令琅琅口誦，會心處忻然點頭。辛卯、甲午兩試俱落第，府君慰之曰：「逢年有時，不可强也，惟修學以聽耳。」乙未，府君捧果然之腹謁選燕都，得貳閩之浦城。時年六十有七矣，精强神王，代計吏入覲天子，奔奏南北，略無倦容，宦邸僅攜一孫起龍及二三蒼頭。府君内課孫而外佐理，歷再更冬，屆乎稀齡，雖政譽翔洽而翻然掛冠矣。先是，不肖嘗入閩定省，道經浙之江山邑，舁輿者驚謝曰：「若乃陸使君胤耶？我儕小人皆使君白骨而再肉者也。」不肖問故，曰：「兹土洊饑，野無青草，而浦獨稔。閩監司慮粟米闌出他境，即浦民亦困，戒勿通糴，刁猾順風留難。使君獨矯上指，給符驗，令乍邏者不敢詰，全活甚衆。」不肖至廨中，以暇日從容請其事。府君曰：「有分土，無分民。監司文移裕閩，獨不當恤越耶？潤澤之權是在吾輩。」於時浙中分臬薛公曾過兹邑，亦爲斂衽謝。府君艱阻備嘗，於吏事民情無不曉暢；其佐邑則揮霍幹理，幾與令等。太守龔公修吾深重之，訟牒有三年不決者，求其人又弗得。府君廉知匿某糧里家，以他事詣其境，糧里例當出迎，府君留與語，問桑麻賦税之事，而預遣伍伯闖入其家，尋得賊，一時訝爲神明。孀居婦年艾，族人誣以穢行，欲勾致公庭捽辱之，分其財。府君立毁牒，罵曰：「奴輩利此婦財耳！深閨豈當令庭質耶！」他日，不肖歸途，偶休沐其地，舍傍人無不如府君語者。稅使猖獗，建旗邑治，前攝篆許司李君欲移之，不能得。府君反覆開諭，立移他所。府君遇事敢言，有智畧，然一以尊賢恤民爲大指，故一時徐封公霞谷、徐比部迴石及諸青衿皆尊禮敬愛，事多取平焉，若忘其非真王也者。歸之日，士民攜壺漿擁道，父老有垂泣者。行李蕭然，謂不肖輩曰：「吾以清白風貽汝耳。」見故居頹圮，嘆曰：「先業幸不燬倭，忍令自毀耶？」爲稍稍庀治，而又以其餘爲庶母弟葺數楹，惟取渾朴容膝而已。時二親皆七袠朋壽，適初度，戚屬争具牛酒，稱百歲觴。府君對飲累日不疲，夜寐夙興，一如其少壯時也。或晨雞喔咿，輒促不肖輩起讀，曰：「此非致力中原時耶？」歲癸卯，不肖受知石簣陶翁、礪齋周翁、遂東王翁，幸厠賢書，歸拜堂下。府君與孺人整襟危坐，子姓森列，即向者含沙者流亦趨蹌庭廡間。府君顧而喜曰：「吾生平坎廩，得一伸眉，天之報施善人，每亦不爽，又何必碌碌求擅勝場、修怨無已時哉！」從子文學兩懷、太守三山服爲至言。府君雖邨居，然鑒於島夷之患，談虎色變，每欲創一椽，城郭中猝有警，可即收保。不肖勉承親志，徙居東關之東里橋，兩閲月而海寇大作，幸無恐。是年起龍亦甫出試有司，爲中州王公督學首簡，益又大喜。亡何，適族奴告變，府君義形于色而脾病忽作，卧旬日，竟不起，年僅七十有七，視先大父減筭十齡。痛哉！病時惟苦不肖艱嗣，他無一語及家事，日朗唫古詞，皆從容慷慨，知止知足之意。一日，見不肖輩睫下痕，相抱一哭，曰：「自致哉！自致哉！」見太守公，手揖曰：「相吾子成禮。」餘無言。吾母白頭夫婦幾六十年，母每嬰奇疾，載危載平，府君深憂之，不虞其先及也！吾母又後府君二年，時不肖帷繵中業有妊，獨母先覺之，以屬吾婦，然亦須臾不能待。越兩月，舉子；三年，再舉；又二年，又舉。而起龍亦舉二孫，且廁名壬子榜中，龍弟起鳳亦補郡博弟子員，距二親彌留之日不及八載。假令二親如大父年，則當至今强飯，遶膝孫曾，豈非快事！而胡天之不憗遺也哉！抑府君樹德實滋，忍辱不報，所留貽後人者更綿長未艾也，而不必盡以身親見也歟哉！

銀臺艾公行略

銀臺艾公諱可久，别號恒所，松郡上海人，登嘉靖壬戌進士，授太常博士。太常器用窳缺，屬公往市，毖慎敬共，祀典用秩。乙丑，選南京浙江道御史。居臺棘棘不阿，勳伯劉某、郭某齮齕爲横，公疏裁之。尚書某不法，黨與盤結，公抗疏不避，有驄馬風。陪京府寺星羅，凡有所須，率倚辦。民間鋪户供億繁苦，至有破産鬻兒女者，公悉爲奏，罷民得休息。都人士肖公像，祀于聚寶門之群公惠澤祠。滿考，得封其父母。己巳，以憂去。既服闋，補山東道，益以鯁直自任，欲有所論，列疏草已具，而出爲衡州守矣。衡歲飢，公嘆曰：「民尫尩〔二〕已極，而追呼迫之，則有旦暮斃耳。」故緩其征，征不及十之二。部臣曹糾之，百姓號訴兩臺，兩臺臣更以賢薦，人比之陽城倪寬

〔二〕「尫尩」，疑爲「尫巫」。

云。猾胥曹榮、劉文明，歲乾没千金，公覺其奸，置之法，群吏落膽。州邑解銀者止令解户自衡其輕重，庫吏膠手旁睨不得爭。某邑税商有程矣，而其令議增，公曰：「牧民者將税是務減，奈何益之？」商民踴躍頌德。嚴什伍，慎關防，崇學校，革巡攔，百務咸飭。在衡最久，治亦最著，衡民特祠祀之。丁丑，擢山東副使，備兵清□[一]。□□孔道，且賈區也，侈靡矜耀，而遊客鼓唇吻馳逐其間。公一切謝絶，率之以儉。轉漕卒過清，原驕横不法，公爲約束，無敢譁，境以安堵，民間祀之如衡。庚辰，擢江西左參政，尋以憂去。癸未，補陝西左參政，督儲事。故事：輸納例有滴補，名曰補實贏也。公悉免之，且移檄郡邑，著爲令。乙酉，關輔大飢，人相食。公出羨銀若干兩賑之，且賑士之不能舉火者，全活甚衆。丙戌，擢本省按察使。秦藩宗人奪民間産，公按法治之，謝絶承奉輩一切餽遺，憲度肅然。丁亥，閲邊著有成勞，特荷白金之賜。戊子，擢本省左布政使。己丑，轉山西左布政使。時虜撦[二]力克入洮，犄角火酋巢穴，密邇晋地。公外慮虜而内虞悍卒挾虜跳梁，多方調劑，虜不得間，遂宵遁。鑛賊張守清聚，不逞爲患，支黨漸繁，公獻計取之，其策三：一，足兵食以嚴其備；二，扼險害以遏其衝；三，赦脅從以孤其勢。凡千餘言，臺臣悉用之，動中

[一] 原字缺。同治上海縣志人物二本傳謂「衡州、臨清俱有生祠」，可參。

[二] 「撦」，原作「掩」，據明史西域志二等改。

窾綮，不煩鏇而就殲焉。省藏積羨若干兩，例入私槖。公曰：「奈何污一生清白？」以其半助邊，以其半分給郡邑，周貧民并市羊裘以衣老者，清名大譟。滿考，得贈祖考如其官。公久滯藩臬，或謂公爲拙宦，公聞之笑曰：「人生寧拙毋巧。拙失與巧失者參半，徒壞人品耳。」人以爲智。壬辰，召拜南京太常寺卿，嚴飭祀事，以寅清聞。尋拜南京通政使。六曹庶府文移繁委，公片言剖析〔二〕，飾辯者俱咋舌退。積勞成疾，乃具疏乞休。上嘉其亮節，温旨慰留。公疾日甚，遂歸，殁于家。或劾其擅離任，上憫之，准致仕予祭葬皆如例。公學問宏深，風度凝遠。爲諸生，恂恂簡朴，足不窺外户。及登第，輯臧獲，絶饋獻，飲人以和，無怠休凌厲之氣，一如其諸生時。遊宦三十餘年而囊洗如，子弟非布素不敢見，吴會鮮衣怒馬之風爲之一挽。事父母備極孝敬，先後居喪，茹蔬毁瘠，三年若一日，里人傳以爲式。性不喜入郡邑，終其身未嘗有所干請；至白貧人周某之寃，則侃侃首事不少避。瀕海人鮮知學，捐俸剏義塾，并膳其不能具脩脯者。議城川沙，首捐地爲閭左倡，蓋其好義力行有如此。不幸□□年殁，通國悲之，當代名公鉅卿重其爲人，同詞訟之：如王相國銘其不交柄臣，張相國贊其始終完節，蕭國師紀其博大精密，唐、董、楊三太史或謂其廉平恬退，或謂其行高政平，或比之潁川、渤海，里人傳誦以爲實録云。邑之士民思慕不

〔二〕「析」底本作「折」，據文義改。

已，述其行，上之學使者，下其事，屢核，祀之鄉賢祠。所著有奏議、詩文辭共二十卷，古雅典則三十卷行世。

白衣大悲五印心陀羅尼經

予從兄文學熹，踰壯未育，其持誦白衣護諸二經虔甚，殆將飲食衣服焉，週甲而舉子。蓋兄與其子如塤俱以辛卯毓，似亦左氏所稱「同物」云。於今又抱孫矣，至甲午又舉子。海上爭傳述之，以益標二經左驗。時予雖未嗣，略不經意。兄固授之，乃按期莊誦，然虔不逮家兄遠矣，亦徼靈貺，冥漠非遥，如響斯應。若方紹烈〔子〕〔二〕孫雲仍等，無慮千百。又若吾郡平泉陸公，俱藉是衍其宗祏。則茲經佑助之力，益信而有徵者耶。刻者已多善本，予重付剞劂印施，期人共頂禮，庶幾無若敖之嘆云爾。

文昌應化張仙大真人説注生延嗣妙經後跋

夫慶殃之説所從來久遠。瞿曇氏言果報似之，然其文或紆曲微婉，未易索解于不可知之民。

〔二〕「子」，原無，據文意補。

惟是文昌應化張仙大真人妙經，明白剴切，沁人腑肺，昭昭揭日月而行，讀之未有不毛髮竪而神魂揺者。其於羽翼經義、提撕末俗尤著。甘師翁刻而布之越中，豈第以答靈貺、迓來祉？蓋亦藉此神休砭訂愚蒙，廣其達善同清之意云爾。説者謂翁清白建標，頑廉懦起，即令甲且後，豈借神道設教爲者不知是經，提警森嚴，呼寐使寤，其所以共成廉立之化至微且鉅也。余早鰥嗣，皈依虔禮，已幸菑而得畬矣；邇閲是經，尤躍然，肢體欲墮，五藴皆空。然僅得一本，不可以廣同志。敬繙梓海上，益以衍師翁之教澤於不窮。

紫薇堂集卷七

明雲間陸明揚襟玄父著

沈充吾先生七十壽序

充吾先生者，家大人總角時所與同研席而兄事之者也。今先生春秋且七十高矣，家大人承匱佐巖邑，邇以大計，銜寒走五千里代覲天子，不得爲先生珠履客。揚固通家子也，視先生爲父行，而家從兄文默者又辱先生忘年友，敢不相率端拜堂下，奉壺榼稱百歲觴？揚竊睹先生東海逸仙也，雅好屏居，世緣實澹。蚤歲績學爲博士弟子，黌校曹偶俱逡巡讓步，人且謂立致青紫，足紹牧伯西津公令緒，而先生則得喪浮雲者。及試，屢蹶，且横罹喪明之戚，輒嘆曰：「天既啬，吾後何以身榮爲！」遂棄若敝帚，朝夕以詩古文自娱，旁及稗官野史，多所游覽，然不溺情，不矜名，聊以適己意耳。一切米鹽瑣細，屏絶置弗問。居恒無皺眉事，亦不作皺眉態。晚好黄老，宗導引呼吸之術，鶴髮童顏，康强善飯，襟度灑落，翛然出塵，真高蹈之風，喬松之侣歟！秦孺人相先生，舉齊眉之案五十年一日也，綜理家政，井井斬斬，俾無内顧憂以益成先生之高。今且次第登耄齡，稱雙壽矣，所謂與子偕老非耶？嗣子式穀，克繼箕裘；一女贅壻，善調甘旨，先生雖艱嗣哉，而亦忘乎其非子者。優游泉石，漸躋期頤，人世清閒福祉，先生享有之矣。雖然，揚於是竊有感焉。家大人生平坎廪，今小吏四方復負冰雪，踉蹡於越水燕山，戴星未已，敢云叱馭，猥屬勞薪，視先生險夷不啻霄壤隔耶？邑人士雅重先生，共爲題册，傳諸不朽，并以屬揚。揚無文，惡乎傳？聊用書臆如右。

賀徐封公屏崗先生暨配鄭太夫人雙壽序

令君魯人徐侯，既視事之明年，其鄭太夫人適當春秋六十，而太翁屏崗先生則先一歲週甲子矣。於時，侯僅率子姓稱觴於家；而太夫人之壽，則堂上接武，堂下布武，奔走一邑之人士，於赫哉都且盛矣。吾儕謀所以壽太夫人者，謂不得獨遺太翁，因并壽太翁，以補昨歲缺典，以成今日盛事，而役不佞修酌者之詞。不佞竊謂：人情未有不欲樂利生養者也。有一人焉，日夜焦心蒿目，圖所以樂利生養之方。而適愜其欲，則必父之母之，歌舞而祝頌之，願其壽考安寧未已也；又推本父母之所自出者，移其愛父母之心以愛父母之所愛，其歌舞祝頌而願其壽考安寧，抑曷有既哉！侯故以文章風格聞於海内者也，下車日，邑人争望顏色，莫不拜手相賀曰：「幸哉，此真我民父母矣！」已，又見侯奉二尊人以入，則更相賀曰：「此真吾民大父母矣！」傾心徯化，舉若信之有素。侯既視事，亟問閭左疾苦，懸諸令甲，所爲興利除害，植善鋤奸，如激矢馳雹，斷然行之不疑，其視民果不啻子也。邑歲轉漕數十萬石至京師，諸武弁董其役者輒以威脅制有司，索贈耗無已。侯念「奈何浚吾民膏血以填溝壑」，力請于上官裁抑之，至觸嫌忌而不顧，衆莫不啣侯之德，而侯之意猶歉，曰：「是未知足當二尊人慈惠之教否？」里中惡少集群不逞之徒，探丸作奸，侯刺詗無遺，一一縛置之法，衆莫不欽侯之神，而侯之意猶歉，曰：「是未知足當二尊人義方之教否？」兩造在庭，奉三尺以從事，法所直單赤，必伸不則，貴有力弗少貸，雖鬪説紛紜，漫勿省也，衆莫不服侯之斷，而侯之意猶歉，曰：「是未知足當二尊人不茹不吐之教否？」計侯蒞事迄今甫浹歲耳，而威信之行、德教之洽若此，斯亦至矣，侯且惟懼弗若于訓，乃知吾侯經綸化裁之妙默受鑄於二尊人而不覺，二尊人所爲陰造福於吾民者至無涯也。嘻！侯能以二尊人之教壽吾邑，而吾邑不能以侯字吾民之心爲二尊人壽，何以慰侯不匱之思哉！維時涼風乍起，白露初零，縉紳縫掖相與頌于庭，白叟黄童相與歌于野，上下歡然交暢，二尊人亦不覺囅〔二〕然色喜。不佞膝席敬進曰：「聞之德厚者受大，施博者慶遠。侯方將由郡邑而躋朝宁，奉二尊人優游長安邸第間，天

〔二〕「囅」，原訛「輾」。

子寵誥以錫之，公卿百僚賦詩以貺之，其榮施何如？吾儕今日之稱觥似無足齒，獨異士庶之歡心與萬口之歌頌，爲曠世一覯耳。人固有力，能邀天子公卿之榮貺而不能得億兆之心者矣。今吾邑之士庶若此，是侯洵能以二尊人之教壽吾邑，而吾邑洵能以侯字吾民之心爲二尊人壽也，不可謂非當代之盛事歟！」諸君子唯唯，遂相與採其言，以侑康爵。

五倫圖引壽伯兄中憲大夫三山翁七十

我伯兄三山翁壽七袠，珠履之客滿坐，各摛詞製錦，抑或取意於山水松篁，布虛玄之景，以寄其嵩祝無涯之意，洵美且都，顧其本根弗是也。伯兄敭〔一〕歷中外三十餘年，所到必忠實心任事，民沾其仁，國享其利。其與人無慮通顯要津下至褦襶襏襫，一切屏去諂瀆，調以善氣而根諸赤誠，見無弗悅者，去無弗思者。至性孝友，閫範雝肅，箕裘克紹，作述兩光。事二兄有姜被之誼，遇子姓多萬石之風，施予偏而不祈報，頂踵勞而不自德。聞善如己有，聞過若父母名，即之溫如，叩之淵如；干以非義非道，汙以一粟一縷，則又毅如井如。大抵我兄禔躬高雅，遇物和易，不爲奇詭駭世之行，惟是倫常要道，君臣、父子、夫婦、昆弟、友朋間真懇篤至，綢繆聯絡，令人巽而入、

〔一〕「敭」，原訛「剔」。

景而慕，樹儀一時，建表東海，是不肖所爲本根者也。竊以聖賢語櫽括之，則子輿氏所稱人倫之至非耶？昔者嘗游閩，謁師門，師門贈以五倫圖，取象于鶴、鳳諸鳥。不肖襲而藏之，躊躕四顧，當之者鮮。當之者，其在我伯兄乎？故敢以獻，而以鶴算期兄年，以子和期子若孫之扶摇天路，世爲朝陽亦世守雍睦，是亦有祝之意也夫！或者曰：子爲倫常學究語，雜之虛玄景色間，不隣俗乎？予曰：晋人之風流，不若樸士之拙守。虛者實之，玄者白之，舍五倫外無復有人量矣。我伯兄爲倫教主持，而子弟輩得共羽翼，厚培本根，則命之曰學究，所甘心焉矣？

喬生繩武編序 照文鈔選本

喬生編名繩武者，不曰王父中憲公以戴記登第，若欲繩其青雲之武乎？雖然，余説有進于是者。余棲海澨，與喬氏南北相望廿里，髮甫燥輒聞父老侈傳其先世事，而知武之不獨以青雲也，其青雲者所以報也。夫海澨大患二：靈鼉鼓濤，頃時百尺，民其魚乎？島夷憑風揚帆直入，而士女奔命且膏莽填瀘矣。當事者每蒿目亟籌，惴惴乎其晨夕之不虞也。喬自贈君倡大義出，身犯難，安靖兹土，復築外塘以禦水，城川堡以待寇。時中憲公尚縫掖耳，而克襄厥績，罄捐囷窖之不恤，及奮身雲霄，益區畫種種白諸當路，以無隳先緒。迄今四十餘年間，凡塘以内纍纍萬户，不汩于稽天之浸者無筭；堡以内擊刁爲衛，遠近得安堵者又無筭。慶流一鄉，功在百世，是則喬氏之武也，生有意繩之乎？余觀生恂恂悃悃，下筆輒千言，稍束以法則法矣，稍竅以機則機矣，又或忘法而法、忘機而機、變化不知其所之矣。一時都津秉衡者交物色之，人或以是功友生。嗟乎！他山之石可攻玉哉！吾儕荏苒居諸，謀其身之不及，而烏乎及友？則以歸之家學，溯生家學，自中憲而下，今中翰君即若翁也，博物宏詞，侍從輦轂；而季父穀侯，裒然賢書，其所撰今古文詞横絶宇内，信蟬聯哉！獨計彼紈袴鮮衣，流連恣肆，洎〔一〕乎無成，豈必前人無以倡之？亦或倡而弗從而莫可誰何，以至于是，輪扁所謂臣不能授之於子。一經之傳，抑有不得自主者，以生視彼，寧啻登泰華而俯瞰培塿乎？吾且以家學合之。世德語云：「惟德動天。」夫渡蟻且馨聞，豈塘堡之役活生民百萬，乃不錫以休明昌熾，則造物果直浮雲蒼狗耶？故世德宜有生才，生才不難一第，此未足爲生重；第異日者仔肩寰宇，滔天之勢在在可堤，保障之防時時可設，芳規在昔，生寧無意繩之乎？披覽斯編，觀其言論文章，固可豫券云。

壽蔡翁少逸七十序代董玄宰作

余奉命典試豫章徵賢也，竣事，取道歸故園。蔡氏諸君子詣余，乞文壽其宗人少逸君。余竊

〔一〕「洎」，原訛「泊」。

計微臣備位史局，無它長，惟是予賢奪不肖，旦暮凛凛。倘諸君子恩故掩義，即褒美片詞，無當華衮，然如賞濫何？意未果。旦日，復持暘谷君簡授余。暘谷君者，篤行儒也，爲蔡翹楚，與余同黌游有日矣，其言當不阿。乃敢代蚓，且詳叩其生平。諸君子咸進而前曰：「太史毋多讓也。我少逸氏恂恂長厚，擇地而蹈，事其父愛且敬；母繼也，三十載卒無間言。先世遺業，四兄弟均析之，靡以貴長故稍私尺寸者。至奉養及大襄與一切鄉賦轉輸諸務，則咸以身當，一不煩其衆昆季，曰：『我知有先君烏分面目耶？』貧窶必卹，危迫必拯，與人交必析肝相示，機械不設，渾朴未雕，謂宜錫嗣繁昌猶未足酬令德者。顧奈何彼蒼無知，胤子朝露，傷心哉！既而曰：『吾弟抱孫焉，無替先君血食足矣，更復奚悲？』遂立其弟仲孫某爲厥子後。其明大義不篤小仁又若此。至於卹寡妹、折隣券種種懿行，已聲聞當道，當道檄下交旌之。兹屆七十，爲錫章服榮矣。族屬庸無一言壽，故敢徼惠大君子」。余乃輾然喜曰：「有司奉天子詔，能以章服風勵賢者；余奉史職，亦能以筆札褒美佐之。矧此隱逸恬澹、孝友謙退之風播兹東土，家與家相儔，倡一而和百，囂陵詬誶之徒馴爲禮讓，史氏將亟採壽汗青焉，或庶幾與徵賢意有陰符者歟？」用叙其説，以復暘谷君。諸君子多東海望士，而少逸君猶子又茂才，當有味乎余言者。

周母王太孺人七十壽序代作

余竊觀史傳所稱閫則母儀，不少概見，間有琦節瓌行一一可紀者，然大都得之於履險運奇，而非所稱宅平無爲之福也。若乃庸行祇祇，醖釀深厚，能使精和上蒸，德意旁魄，以至一姓之祚，百年之運，默受其挖摶而垂裕乎無窮，此其功豈不百倍于琦節瓌行、皦皦爲名高者耶？詩頌周業，而直推本于瓜瓞綿綿以及姜嫄之開姓受氏，何其發祥之遠也！迺今周母王太孺人，蓋亦周氏之姜嫄矣。太孺人之賢，余向已耳之于其外孫渭陽陸君。君蓋少失恃而育于外王母，以故時時口外王母不置云。今歲之秋適太孺人七十初度，余年友某君以姻誼先期走幣長安，請余一言侑大斗。余讀其所述太孺人懿行纚纚甚備，而益信向者渭陽君之言不誣也。按太孺人天性樸茂，少則習知勤生之務。歸于周，佐其君子繼愚公操家棟。公故廓落大度，慷慨慕義，不善爲小拘，縣官有大繇輒挺身任之爲曹偶，先里中人以緩急赴患難請者，即傾橐應之無難色。然公故尠厚蓄，每取給孺人，孺人内課織，外課耕，米鹽酒漿、雞豚屨屝〔二〕之屬皆手爲經紀，茹荼集蓼，拮据操作者逾廿年，而家業隆隆起，堂搆峩然改觀。又逾十年，而墓田丙舍旁斥，什倍于昔。又十年，而

〔二〕「屝」，原訛「扉」。

子姓聯翩鵲起，衣冠人文之盛甲于邑里矣。人謂周氏之昌大，天若有意巧奉而全畀之者，而不知太孺人朝勤夕惕、累纖積微于數十年之久，其焦心蒿目良獨苦哉！丈夫子七皆身自提抱而玉之成，潔贄豐幣，供億紛紜，歲無虛日。至歲己酉，其仲子鳴之君舉于鄉；庚戌，外孫渭陽君成進士，太孺人始沾沾喜動眉宇，已又愀然念也，曰：「我寡且老，一生精力强半耗之乎兒曹，曾不自意徼先君之靈以有今日，雖幸而有今日，敢遽忘我往者焦心蒿目之景象乎！夫盈曷虧，中曷昃，滿曷概，而平曷陂也。陶復陶穴，積倉餱糧，古人亟念其本始，良有深意。毋寧使人謂我居豐思約，而謂我登末忘本乎！」以故太孺人雖當門第益高、物力全盛之後，而未嘗以侈訓也；雖當年躋稀齡、弄孫抱曾之後，而未嘗以佚訓也。所謂懷貞抱樸，嗇精葆和，養壽命之源，而培豐芑之業者，寧有量耶？余固知天之巧奉而全畀于周也，今特其什之一；而太孺人七十之壽，亦不啻如日之于若木，河源之於積石、龍門也。今而後益迓庥襲慶，子若孫接跡天衢，奮庸皇國，譽命自天，褒封壽母太孺人行將冠帔煌煌，介福無疆，而期頤大耋，介壽亦無疆矣。他日九如之篇與瓜瓞之咏，洋洋乎並奏諸北堂，豈不都且盛哉！余不佞請執彤管以竢。

壽伯翁少逸蔡公八十序

予讀老氏齒剛舌柔之旨，悟養生焉。夫剛易折，柔不敝，信然。將令天下盡磨銷鋭氣、競趨繞指而何？伉爽英特之士浩然獨存，彼茅靡波逝者流又大都廢然無所卓立，算亦不綿。豈老氏旨不盡左驗與？抑服斯言者按其膜未吸其髓與？老氏之致柔孕剛而出之者也大。易戒坤貞，利牝馬。夫坤，順極也；而牝馬之義則挺乎乾體焉，而後乃無疆合德。斯其旨，與老氏將無同。今我伯翁少逸蔡公，殆深入其閫者耶。公雅性岑寂，退然若吶，不與人世爭喧囂馳逐之境。事其親孝養，至耄耋無少間。友愛諸弟，不問爾我，即古田荆、姜被，何以過之？而機事都忘，名場遠遯，與人交澹兮無所取德，時或爲惠解推無所取名，三尺童子繇然信其崖異之不設也。茲亦稱至柔矣。或者見可侮有意齮齕，公希共染指；紛然牙角交加，而公則神色不撓，慷慨赴對，詞不甚辯，而見者知爲有道仁人，所向皆得白。歲在辛卯，公年及衰矣，壯子爲二豎所據，度已莫可如何，即斷以大義，爲置嗣焉，卵而翼之，斤斤拮据，清燈夜課，垂十五年，而孫枝亦若于訓，能文章。丁未六月□日，乃公八袠懸弧辰，姻黨欲稱觴堂下。公謝曰：「我教孫慮殫竭矣，不稍稍樹立，飲亦不下咽。願需之。」居亡何，即應臺試，儼然列青衿，用酬公願。遂如約進春酒，巾袍楚楚，拜舞膝前。公必顧而樂之，蓋以祖烈代義方，以文孫服萊綵，斯亦一時盛事，而昔之茹荼和丸，今其苦而得甘，而庶幾蔗境與？先是非無旁睨其間，乃公卓然不摇，老無倦色，此豈茅靡波逝、漫無主持者可能？則信其孕剛而出之者乎。夫甘雨之滋培也，清陰之披拂也，慮無不忻忻向榮者，然欲收束其華滋而堅凝其質幹，則非火熯、非日暄不可。專氣守中，與物無競，人之甘雨、清陰也；畫然不易，介然獨明，則人之日暄、火熯乎？宣尼氏之言曰：「匹夫不可奪志。」又曰：「歲寒知松栢之後凋。」夫志，精神之爲也。精神挺勁而後有後凋之姿，乃如公温而栗，默而能斷，光外韜而神内瑩，其將後天地老，而豈僅僅以期頤祝哉！敢暢易老之義，爲公侑千年觴。

贈丁華野樂野堂序

郡之西南有山曰秦望者，濱於海，自昔始皇登臨眺望，故其名至今存焉。然山之鍾英毓秀，比之九峰佳麗尤甚。丁君華野卜其地之奇勝者，鳩材聚工，鼎建大廈，新搆弘開，堂宇輝翼，真一時盛事云。予友某與君有姻婭之契，備述君生平懿美，世族隱德，屬予一言以賀。予既仰羡而景慕之者，安敢以不文辭？吾聞之君爲雲間甲族，世居茸城之西尤墩里，先世積善，爲時人望。惟君生有異姿，長益魁梧，孝友天植，長厚夙成，丰神俊爽，瀟灑出塵，而義槩英標，籠蓋一世。然諸行誼不失尺寸，時當揮霍，每薄千金，交遊多賢豪長者，莫不愛而敬之，咸願交懽恐後。素裕經濟大畧，尤擅長楊、上林之業，當翱翔于金馬木天之署無疑也，况照夜連城之器？而今兹華屋，藻井飛梁，高檠傑閣，連雲耀日，霞爛翬飛，爲吴中甲第之冠，見者無不仰羡而快覩焉。夫昔于廷尉積有陰德，高大門閭以容駟馬車，似猶責報于天，不免有意爲善。乃君手授一經，肯堂肯搆，以俟寵禄之自至，則惟勉旃敬修，初無意必之成心，亦賢于古人遠矣。且君年方鼎盛而輪奂爛然，不數年而蘭枝秀發，將見承恩天上，寵被林泉，則龍章天藻、象服朱衣，固將與華堂高閣、邃寢崇宫交發而互映。由是君年日壯，位日尊，若顯融而台鼎，若强艾而期頤，以至于無窮，則所爲歌于斯、祝于斯、燕喜笑傲于斯者，寧可以數計哉！而皆今日之慶爲之權輿也！予願諸君以今日之慶，即以今日之言，爲丁君異日之左券云。

紫薇堂集卷八

明雲間陸明揚襟玄父著

祭宗伯孫公文

嗟乎！天眷皇朝，神聖代起。篤生哲人，爰作帝使。於鑠宗伯，降命上玄。秀毓扶輿，瑞應魁躔。託景風雲，受知九五。九五嘉樂，需汝霖雨。浮雲偶蔀，梁木亦摧。天子曰咨，失我鹽梅。厥初膺奮，爰集石渠。優游禁林，翱翔斗墟。大魁三策，膾炙人口。臚唱五雲，吉星匪偶。典綸却潤，羅士辭羔。皎哉冰玉，弗染秋毫。繼秉銓衡，貞淫眉列。山岳比堅，薰蕕逈别。喪禮一疏，中外延佇。乘輿震怒，聞者色沮。挺身抗言，大義盈楮。回天力微，扶綱功鉅。正色立朝，不吐不茹。力主儲義，勿作首鼠。識超慮微，持盈保泰。一鳴驚人，所争者大。九齡風度，賈傅通才。巖廊偉策，禮樂鴻裁。達士信心，曷顧群猜。於道誠合，於俗則畸。千人所依，一夫所擠。出若泰山，去若鴻羽。北闕引身，東山歸里。清言尊酒，徜徉婁娑。萬方翹跂，猶冀來蘇。昊天不弔，大星倏隕。國人罷市，群紳悼閔。體潛聲耀，數短道長。劍埋浮彩，蘭萎存香。帝念前徽，考謚增職。隆章寵數，光炤中域。輤軒霄戒，丹旌晨啓。臣義君恩，紀厥終始。猗歟先生，任真履素，體沖宅平。言方蓍蔡，行埒〔一〕瑶瑛。如春之盎，如砥之貞。生爲名臣，死爲列星。出世則神，入土不化。斗轉之間，河斜之下。隱隱濛濛，中有光射，此非先生也耶？蓋先生歿而有不歿者耶？氣作山河，名昭日月。未了者事，不朽者節。大行宣意，司空治儀。赤心歸土，黄絹題碑。揚雲間後學，瞻仰在兹。奪我蓍鑑，同情共悲。薄若椒漿，敢申衷臆。景行高山，徘徊歎息。

祭儀部屠恩師赤翁文 永寧刻本

嗟乎哉！揚千里謁翁，不虞遂哭翁也！揚鄉闈倖濫，亟走書幣報翁，翁闔還特贈詩志喜，且爲長箋以招之，懸一榻於婆羅園中，暮春爲期十日致飲。揚適困旁午，日有飛心，弗赴也，逡巡歷夏，迄於秋仲，乃爲裝渡錢塘。及江，而翁訃聞矣，驚愕失措，灑泣中流。然猶念翁精修黄白，春初所遺詞翰遒勁絶倫，神王采飛，謂當果得神仙不死藥，寧遽溘爾盡耶？或者翁才誨妬，含沙之不足至死相詈耶？亦庶幾其傳言之妄也？及抵剡溪，涉曹娥，而談者益藉藉矣，刺舟之子，荷鋤

〔一〕「埒」，原訛「埓」。

之夫，同聲一詞，則所聞信耶！揚之謁翁真遂哭翁耶！計揚聚糧戒行之日，政翁彌留之日，芟履山川，相去僅浹旬耳。早知幽明永隔，胡不預買越口棹耶！暮春之約，即百旁午，曷不免脱而南，一接芝宇耶！憶昔垂髫蒙難，片語見收，翁不避當事者勢炙手而照其覆盆，脱驂高誼，寥寥千古。及爲諸生，困棘闈，時以制義相質，翁輒嘆曰：「造物何爲哉！我將排崑崙，決滄溟，捫日月令其倒而馳也，乃爲生抒煩懣乎！」徘徊反覆，又曰：「雖然，按而藝，相而骨，士如此，長貧賤乎！」嗚呼！相知實難，揚色愧斯言，能無感於心耶！而況此區區六尺，又翁曩所救飼之雀哉！嗟乎！人各一天，我獨二本。涓埃〔二〕未効，音容已邈。悲一見之無從，痛終身之永違。自纍囚至青衿，知已有年數矣。及今倖濫，而不得肅衣冠一拜堦前也耶？何異養子者卵翼濡沫，幾成人，而不及覩其冠婚大禮，人子之心可勝痛哉！揚舊居海壖，設翁生位庚桑於家者垂廿年。今夏徙而更諸市，復置翁文昌左傍。翁生平車轍滿天下，歷覽靡涯，宜魂氣亦無不之也。庶幾春秋二時，其來格於祠，以食其沼沚之毛耶？翁令青溪時多惠政，至有活人百億，靈爽當亦有萃止於斯者耶？翁登第三十年，家徒四壁，食客常滿，詩文藏名山，教澤偏衿紳，心事超然塵壒之外，而名言與海岱俱永。翩翩佳公子，能跨竈以世其文章；恂恂長厚，斤斤尺矱，科名事業，當不愧爾翁。文孫岐

〔二〕「埃」，原訛「涘」。

巖，秀毓未艾，則翁亦可無憾於没者。獨揚恩深再肉，感慕難忘，即今三酹九淵，寂何似生前一啜茶！舉聲大號，川岳震動，翁靈在天，亦爲雪涕。陳詞哽咽，不知所言。

祭赤翁屠恩師暨封孺人楊老師母文

於乎！語曰：士重知己，不重感恩。惟不肖之於吾師，則感恩與知己併矣。不肖幼遘家難，吾師骨而肉之，不啻晏平仲之於越石父也。即今稍有尺寸進，得比數於人，皆吾師天高地厚之德惜也。吾師覃雨露於蟣蠓，而蟣蠓不得一酬雨露於大造。嗚呼痛哉！不肖癸卯得預鄉書，乙巳買舠遊越中，冀拜吾師於天台、普陀間，九頓以酬無衣之咏，而吾師已仙逝矣！九泉之下，慚負知己，憑棺痛號，幾於隕滅。歲在丙丁，不肖迭遭內外艱，煢煢在疚。去冬，聞師母亦溘焉霜露，不肖欲以哭吾師者哭師母而不得。茲聞大襄至，欲一與執紼之役而又不得也。痛哉！夫越石父之酬平仲也，固寂寥乃爾乎！九原有知，吾師以不肖爲非人哉！記客歲獲薦於鄉，吾師喜可知也，手書扇頭詩爲寄，中有「雲間終躍雙龍劍，吴下原稱八斗才」之句，不肖爲泫然久之，知吾師之屬望正不淺也。今扇頭詩固在，而吾師已脱塵寰去矣！嗚呼痛哉！吾師詩似李太白，文似司馬子長，慷慨似范希文，禪理似白香山，俠烈似郭巨伯，宦跡偃蹇似蘇子瞻，家徒四壁似楊子雲。高明照耀人間，蓋已日月懸而星河流也。生平與師母相得甚懽，不啻琴瑟之調。吾師皎皎俠烈，而師母委曲贊佐之，莫逆於心。師去人世未幾，而母亦仙逝，意者以死相從然後慊於志歟？文子文成七襄，孫枝岐嶷，能紹師之業，以文章科名奮跡，似亦可以無憾。獨不肖之沐雨露而不得一酬於大造，則所嗷嗷致慟神與東舠俱往也！或徼曩者感恩知己之餘靈，而惠然舉一觴乎！

祭淛江軍門擢大理正卿甘紫庭老師

於乎！先生之凶問蓋得之苕水間也。揚赴禹杭禮竺乾氏，因懷先生夙昔之遇，欲遂通刺轅門，抱拙業而膝前請郢也。不虞其未瞻芝宇，遽哭靈輀也哉！憶昔壬辰，先生按吴，揚初補博士弟子，先生校而拔之，相期特達。乃今荏苒垂十有八年，而不及覩其成也。先生憐揚食貧，嘗借譽片言，有意栽培之而未或得當。乃今藿食者尚捧果然之腹，而肉食者倐返儵然之途也歟哉！日黯星沉，海枯山裂，哲人萎矣，吾將安仰！雖然，此猶門下士膈語也。若夫先生之身登第三十餘年，官至節鉞鎮撫，而家無長物，夫人能助理閫內，然丁未之歲業先先生逝矣。呱呱胤子甫生十月，視爲掌珠，而先生又輒見背，彌留之日必有大不瞑于此者。數口煢煢，鬼火出，陰房青，誰卵翼胤子而相其成，誰扶櫬還虔而上先人丘墓哉！抑聞季君能悌，倩君能孝，必克襄大事，植遺孤，然天所以待先生者良苦矣！雖然，此猶先生家事也。戊申，霪潦傷農，先生焦勞荒政，百爾調停，萬靈爲之安堵。未幾而棘寺新命下矣。候代之日，越民如奪慈父母焉，而朝中傾心倚重，想望風采，時日以幾，借恂者與虛左者交注于南北，而先生以一死兩絶其緣，此真廟社生民之戚，豈徒一身一家事哉！遡先生筮仕丹陽，繼按吴及楚，今撫越，轍迹半天下，所至福星一路，潔比由夷，望隆山斗，不屑屑苛細鷹擊，而獨以清聲雅操爲世羽儀，平如衡，朗如鑑，澄徹如秋水壺冰，人且見而意消，干乞者緘而不敢出也。文武將吏予奪褒刺畫一靡所私，卒無有觖望而怨咨者。昔武侯廢置李嚴，侯死而嚴泣；今先生捐館，必有被廢而泣數行下者。疾之日，萬民相聚神祠，願以身代；死之日，如喪考妣，都會爲之罷市，士大夫無不咨嗟涕洟。此豈可巧取捷得於人心者哉！嗟乎！先生屋漏不欺，死亦何愧？生爲正人，没必爲明神。天奪先生以綿遐之筭，而厚予先生以如綫之子。夫虎乳鳥翼，尚藉成人，況先生德澤在人，燕貽有素，岡陵昌熾之業端有待焉！其有不以一髮引千鈞重者哉！且海内人士被剪拂者無筭，古人謂：「事吴敢不如事主。」願先生目瞑也！獨時事沸如，不得物望最隆者雅鎮其間，身係安危而奪之速，則漆室所深虞，而諒先生一片赤心亦自不得瞑耳。揚國士恩深，扁舟聞訃，驚悼號天，語不詮次，聊寫其沉痛之意云。

祭石簣陶座主尊堂董太夫人

蓋聞明月之珠，孰韜其英，驪淵毓潤；夜光之璧，孰培其精，藍田收孕。猗與夫人，比婺占星，德門發胤。瑶臺降芬，玄丘隱曜，實繁子姓。爰相夫子，師表百僚，三朝遺蓋。修詩賁道，稱圖照言，翼我庭訓。起家五馬，飲水投錢，聿持高峻。養望留都，禮樂樞機，文武是印。雞鳴戒旦，解佩賓賢，發祥餘慶。餘慶云何？濬發惟商，寵延于震。綢繆史館，容與經闈，高標道韻。視草木天，語妙絲綸，先生素絢。縱心調暢，發響雲和，含英玉振。伯仲聯翩，季也振詵，俱稱騏駿。題詩桂苑，儲采揆端，荀星重暈。問誰光啓，母也天只，金相玉映。接蕚蘭英，連跗玉樹，罄宜發軔。胡蒼不弔，八頌扃和，六祈輟縿。撫律窮機，衡總滅容，翬翟毀袩。嗚呼哀哉！純孝因心，氣摧同欒，棘實滅性；茫昧與善，世覆沖華，國虚淵令。嗚呼哀哉！揚樗櫟凡材，辱在甄陶，榮收照乘，痛深母儀。玉露凝塵，銀釭隕燼。金母宓妃，攜手相將。白雲裁贈，蘭馨馭風。銘德遠施，垂聲靡竟。山川阻修，聊束生芻，哀纏素靷。中泉寂寂，飄然降只，不我遺愁。

祭司空半石朱公文

嗟乎！公之家世，燕貽詩禮，蟬聯甲第。公之學力，典墳充淹，騷壇睥睨。公之品格，天日朗清，冰霜砥礪。公之才諝，揮霍有餘，迎刃不澀。公之交知，詞客締〔二〕盟，名流結契。公之勳業，

〔二〕「締」，原訛「諦」。

在州州牧，在河河濟。公之處家，姜被田荆，兄友弟悌。爲宰官身而若儒素，無宰官勢；有豪舉風而意恬夷，無豪舉戾。壯猷方炳，王事勞賢，疾而思憇。家園日涉，參苓引年，乃輒奄逝。嗚呼哀哉！才不盡用，年不配德，造物所制。朝失典刑，野喪耆喆，人情所涕。公之存没，豈其偶然；世風攸繫。矧辱姻末，卜鄰高梧，尤悲失蔽。幸存令名，千載遺馨，畹蘭汀蕙。賢子若孫，一門競爽，謝玉竇桂。公雖泯矣，有不泯者，方隆勿替。一勺明水，與誠俱將，來歆厥祭。

祭弟室顧媪孺人 照原稿

於乎！媪出舊門，曰歸吾弟，屈指今兹，垂三十禩。中更荼蓼，百爾勞勤。躬操井臼，手擲機梭。視饍高堂，乳哺諸雛。披衣枵腹，問夜若何。子女蕃多，存者凡六。女亦閑訓，子亦能讀。或以慈撫，或以嚴勗。十年之内，差可聊生。家未飽温，勞已不勝。膏肓受病，二豎憑陵。百藥雜投，了無一驗。子名未成，心有餘欠。棲遲偃仰，不禁戀戀。惟時孟秋，長赴陪都。媪命曰：嘻，爾其懋諸。我且伏床，須爾令圖。豈虞是歲，愆期獨晚。月魄漸虧，菊芳漸攬。棘闈乍開，遊子不返。媪爲欹枕，庶幾言旋。參差日暮，望眼幾穿。需遲難俟，永相棄捐。嗟乎！三日而子還，八日而捷聞，胡須臾之不待，竟罔親挹其桂芬。嗟乎！使試如常期，則泥金蚤報，病母聽而色忻；使半月先殂，則訃絶蚤聞，子亦格而不伸。胡不幸而蹉跎於試日，猶幸而病勢之逡巡，豈媪緩死以成子名，而斂禍其身，而釀福于其後人？嗟乎！吾弟壯歲，中道相分；幼子若女，未嫁未婚，烏能不掛媪之念而愀然有望於後昆？隻雞絮酒，爵金薦陳。哀哉尚饗！

祭鶴匯封翁陸老年伯

嗟乎！翁何以死也！曩者白下嚶鳴之會，吾郡同籍凡若干人，而令子長君年最少，翁亦最少於同郡兄弟之父若母。于時翁代理紛拏，而猶以其餘横經講藝，將復自建旗鼓，與諸少年爭長中原，借背城之一蓋，勃勃乎未已也。及長君三上公車，而翁年始踰艾，支吾拮据，備艱阻矣。而長君乃獲成進士，列高等，分符專城，年子弟拜瞻堂下，精強神王，色飛彩流，而罄折傴僂，曲中于度，方羡之若神仙中人。抑或感事觸思，自悲逮養之無門；即高堂有人而風燭靡寧，喜懼兼有；又或連蹇不售，不能取一第娱親，廢然消阻者，孰如翁之富春秋而長君蚤致身青雲乎？豈虞慶者未已，吊者尋繼，一瘍之發，遽而不起，服百藥以何功，思執訣而莫待也與哉！嗟乎！列缺之光，一瞬輒闇，歡悲反覆，倏忽如電。説者謂翁抉奇抱穜，盛美發於子矣，惜未覩子之用；又或謂甘苦、逸勞倚伏迭代，翁飽嘗其苦者勞者，而甘逸之不能待；又其下者則曰長君旦夕且捧檄至矣，胡不須臾俟而亟從夜臺爲？以是數者爲翁遺憾，而竊謂不然。姑無引達人之齊死生、一彭殤者，即舉世俗榮瘁、悲愉論。天道夢夢，禍福多幻，負才德者必能售如左券乎？累世窮年，斤斤凛凛，乃鮮穫如石田者，不比肩而是乎？則視翁今所得孰多？翁第不得身享榮富耳，而榮富在翁脱屣[一]。以一身有盡之享，貽子若孫無窮之用，則用于身與用于子孫者又孰多？竊念長君聞訃之日，千里號奔幾于滅性，家徒四壁戚易如禮，則他日曲體翁心，以竟所未竟者可知；而竭誠致孝，他日所以委身幹濟、敭歷中外以顯親無窮者又可知。翁真無憾於身後者哉！

祭伯兄中憲大夫三山公文

痛哉，不肖之事吾兄不獲如事親也！曩二親皆垂白，而慈又善病，每或以事出遊，則夜鼜時懷，憂思無已。及歲在丙丁，相繼坳則皆得視含斂，庶幾少逭終天之恨。吾兄身範範我，言教教我，撫我，恤我，館穀我，罹患而爲我愁，倖售而爲我喜，此其情豈甚遠於吾親？而彌留之日不得一相訣别，罪可言哉！痛可言哉！兄自稀年受痾，越今五易寒暑，然起居語言尚如故。每聚族而飲，塤箎手足之情加篤焉。壬子冬仲，不肖當計偕，兄下堂握手而送之，且曰：「異日不識再相見否。」此非獨自怯其病，蓋亦遠期不肖云。不肖聞之，慘焉如割，然以高年忌違，不敢出涕。詎意遠期之不得，而吾兄舊痾遄作，斯語竟爲長别語也。痛可言哉！今春，季知不肖落榜，將需次選

〔一〕「脱屣」前疑脱「若」或「如」字。

人，猶手書遠唁。不肖捧讀再四，見筆力遒健，詞意詳委，與同舍人相慶幸，謂：「吾兄尚神王，綿筭無涯也！」乃不逾時而訃聞，斯曷故哉！一慟幾絶，奔赴無從，京國棲遲，枕席間多淚痕也。嘗憶兄弱冠登朝宦遊，至逾壯歲，五馬歸田，而不肖始以如是年一氈筮仕。或得徼區區章服拜兄堂下，捧檄之喜，不及吾親，猶及吾兄也，而孰意兄仙遊之日更先于不肖除授之日。蚤知若是，豈願以寒寮易一訣哉！兄之勳業，炳炳宦途。兄之品望，表表月旦。兄之心事，如日白天青。兄之氣宇，如雨甘風煦。宏量能藏人之垢污，盛德能消人之鄙吝。所在人悦，所去人思。居家有萬石君風，而子若孫嶙峋遶膝，視昔荀龍有或過之。嗟乎！人孰無盡？如吾兄者，真所謂無愧衾影，無憾人世，聖賢標格，德福兼崇者矣！而不肖之痛悼無已，則惟是骨肉之誼與暌違之感，自有不能已已者耳！

祭盧孝廉文

吁嗟乎！梁木倏摧而芳蘭頓萎也，北風長號而白日匿光也，浮雲蒼狗變幻而天道不常也。享配德耶？位配望耶？數詘道耶？命壓人耶？天縱不銖銖稱之，寸寸度之，而今所失者，竟鈞石尋丈之不翅且霄泥耶？公潔身績學四十年而得一舉，舉六年而得一死。舉之前貧自若也，死之前亦貧自若也。豈所謂皭然脩然，從衆香國來還從衆香國去，於公心曷染？顧獨存白頭之二親，黄口之三孺，仰無以養，俯無以畜，科名事業一不究竟，而貸家徵逋之屨恒滿户外，則人不得不爲公惋悼。予將攬司命之袂而問之，而命可問耶？予將咽江流而梗之也，排巫門而走之也，手捫日月令其轆轆然而東西馳也，然後爲公紓煩懣乎！雖然，聞公未售，衆共期；公既售，則喜然若不知有公；及死蓋棺而一邑皆咋舌嚙指，即婦人女子無不痛卹公者。意者，公雖困阨，求之古人，其原憲貧耶？顔回夭耶？伯夷首陽餓耶？資用不足周身，而芳名足以垂後，一生孝友惇篤，簡押醇謹，僅以易萬口之一惜，斯亦有至貴者存矣！公之父若弟皆以德行文學推重此鄉，或能翊公胤，令頭角漸露，十年以往克樹立以紹公緒於不衰。貴在後死，天道不爽之符抑或在兹耶？予司鐸此邦，傾蓋間喜瞻道範，而尋且憑吊焉。此非特人琴之感，抑亦爲風教增一惆悵云。

祭陳少尹元配文

嗟乎！人生伉儷，糟糠而忽榮禄，則庶幾共之；闔居而念鞅掌，則願言相之。其或與共而不得共，與相而不得相，兩心甚殷，天奪甚巧，則淒其慘割更溢於尋常生死之外，而旁觀斯變者能不惆然以悲？若孺人相夫君，間關荼苦垂幾十年。初選得楚之潛江，孺人將奉迎高堂，共遊荆湘、雲夢之區，並沾升斗之養。乃未脱階除，而高堂奄忽以逝也。徘徊苫塊，三易居諸，始補今靖沙。夫君捧檄而南，孺人攜家而北，擬約日齊會於粱溪、毗陵間，同涖兹任，謂可蚤遂共事之情、相佐之誼，以矢心王事也。詎意甫越月而孺人倏盡耶！蓋聞孺人之由閩北也，所攜挈若而人，跋履山川，與其子婦相依爲命。忽一日婦以暴疾卒於途，於是孺人有刎心之痛焉。勉爲渡江，而深中抱疢，病已不可爲，遂與婦相從夜臺，而不得久娛官舍。則孺人者，攢眉畢世而不得一伸，即匝月追隨而不一享者也，亦大艱苦矣！假令曩年高堂無恙，縱修短有數，亦獲食楚禄於三秋；又令蚤知今日之不諱，則姑媳相依，何不可優游閩山，乃相繼客死而不得正丘首也與哉！雖然，物變何常，唱隨義重。設孺人株守家園，不獲一從夫君，而數亦不免，則亦重有不瞑者。是今日之舉，又能各伸其共之、相之之情，而天奪之者也，孺人固無憾也。第此邦糧賦重賴夫君，而夫君又賴賢媪以舒内顧之憂，以并力於公家之務。乃一旦罹此鞠凶，則不特其家之沉痛，而余司諭茲土者，又烏能不爲惋悼云。絮酒陳詞，可勝於邑！

雜著

行箴

主怨先物，招釁召禍。木高而風摧，石峻而水激，勢有固然。故士人處世，事足炫長，不如其晦；語足當機，不如其默。晦而徐出之，默而晚露之，鮮或蹶矣。

心箴

危平易傾，百物不廢。推己度人，終身可行。
分位有定，贏詘有數。非望之想，動而輒戢。力學强記，含章待時。
浮思爍真，烈火焚和。無益而止，業受其損。事後而悔，不如其已。

仲夏客邸偶書

秧鋪緑遍，魚帶冰鮮。梅若彈，剖可作酥；豆如蠶，烹之果腹。四體展舒于莞簟，二孺各露其峻陽。客至一枰，歌來四野。故鄉景色，想是如此。

吴士優免説

士于四民，生計最拙，一經肄業，百務難兼，且尤不諳里甲，不習規避。豪富花分，則田多而見少；儒家并户，則田少而見多。遂起競端，嚴爲規制，詎知以州邑之廣，寬有限之儒？優異之典，原無大損於民間；曠蕩之恩，最易槩及乎士類。夫上士廩之庠，次士復其身。朝廷儲養，固不厭厚；有司旬宣，所當加意矣。

吴俗

吴俗，舟過橋下，喜犬行橋上，以爲吉徵；而最忌女人，女人過則呵止之，不則以篙鏃鏃橋面，謂可禳魘，其不利則女人自當之。夫女人之貴于人心久矣，獨其行橋則忌，是其視女人不犬若也。假令此時南威西子盛飾過之，則又必環堵以觀，忘其爲忌，形欲就而心欲暱。是必南威西子而後差勝于犬。然則人情固惑于所忌也夫，而人情之惑又奪于所重也夫。

入場粗式

予少時最粗莽，舉筆便差，嘗以縣試隔葉被棄。先君子嚴教至不忍楚撻而爲之涕泣切責者，於是稍稍知警。自辛卯至甲辰，鄉會凡六場，中間督學使者及郡邑大夫試不下數十，俱幸無大得過，是曩者遭蹶之後而服膺先君子教於不忘也。且檢點錯失，見人精神提警不嚴，占其晦塞非第曰「偶失無傷」者，聊引其緒，以示兒輩：

一　場前以養静安神爲主，不得徵逐交際飲宴。

一　卷子是我命脈，照式莊書，籍貫前後簡點勿損壞。

一　出門要慎，食物寢處不可多用生冷及卧涼所。

一　寓擇謹慎之地及觀其前後出路，以備水火不測。

一　場前防雨，多備草級及舊傘、油紙類。

一　給卷時即入懷中囊內。二三場硯上有墨，不可令同器，以防汙染。

一　進號安神熟睡，即遇知識不可閒談。題到，静心理會，未安之處不嫌多改，不必太忙促、懼晷刻之亡何也。每于淺澀處，瞑坐安神，再發他意。即至經文，一束一結俱不可苟。

一　寫題必再三與發下題紙捱對。至二場表題，或昭代或前代年號俱炤題紙上。中間尊稱或某某及表尾「瞻天仰聖」要謹慎如式。

一　每篇題目草稿上俱要首尾分明，即五判亦不可苟且連搭。

一　寫完七篇及二三場謄畢後，不拘早宴，防其昏倦，瞑坐少頃，剔燈張目，再將題紙遂字對過，乃可交納。任其催角喧嚷，只如松風過耳，莫起焦急。

一　五策寫第幾問及中間擡頭俱要看試録如式。

存心每事謹凛，待人每事謙飭。使心氣清明，卓然竦立，不令頽惰，自然差失鮮少，精光焕

發。汝輩毋以爲常談也者而土苴之，則祖父之教奕世如新矣。〔一〕

座右

讀書人既知書中奧義，隨所見今古文中有佳麗奇警之句，輒宜裒集手抄，常常目之，可資議論，以實後場；即前場中亦可用，但須妥貼耳。

緊要須知

一　見賓拱揖俱要深整。今時大率俯首曲躬。坐拱之時手將至地，縱不能然，亦不當挺身也。見上官尤須謙謹嚴肅，大率寡默爲主。有一等少年英鋭輩不喜下僚多言，謂賢智先人也。

一　徵比之類，初次，甘限；再次，復限；三期而不至，則加夏楚。寬一分，得一分受用。

一　寮佐間有小嫌，不必于口語間辯折，只潛消默化，似不介意然。若叨叨辯説，則各留形迹矣。

一　地方鄉音難辨，凡對理人犯或役人，應答不明，須再令陳説，潛心體會，勿躁勿怒。若己

〔一〕本段疑接書戒兒曹末「至言至言」後。

先躁怒，則益不能辨，而兩情難達矣。

一　地方奸民雖可惡，然不可激。大抵奸民智計必多，黨與必衆，人而不仁，疾之已甚，不生變計乎？

一　分付下人，須開明指示，庶不悮事。舉一隅而三隅反，學士猶難之，況下人乎？

一　胥役輩不宜輕貸。謂犯法者言也，若小失錯可恕，則恕之；不可恕則明責之，此後遂當丟棄前過。如嘈嘈瑣屑，人自難堪。

一　士紳相待，一遵禮節，遇事亦須留情。

一　凡事不干本衙門者，非獨不得侵職，即口語議論亦不當及。招尤取忌，寔此之由；

一　遇事體，初見如是或已形之口語矣，詳細審察却不其然，遂當翻然脱去舊見，亟從新圖。則非獨處事得情，下人亦謂我不執成心、不文已過，誰不心服？若始執一見，至明知其誤而猶假詞文飾者，豈日月之更乎？所謂「南山可移，此判難改」者，亦從其情真罪當而言，非强執也。

書戒兒曹

學問大事，不可草草。凡古人實蹟及當代掌故，使歷歷在心，他年樹立，庶有可觀。易曰：

「君子藏器于身，待時而動。」不可不思。

涉世之道，慎重爲上。至如家門之內，休戚痛癢相關，尤宜細心體貼，行之寬中有嚴、順中有制，乃爲得脈。

傷生之事，惟色爲甚，不特衰暮之年不可任意，即少壯俱當警省。古人云：「保嗇精神。」做家嗇則有餘財，保身嗇則有餘精。

我見汝前貼門數語，頗有意思，最要守得堅牢。窮有盡時，不足慮也。吴下縉紳家，壞事多由奴輩。奴輩狡滑，説話聽不得。來説者定有許多甘言，及至騎虎難于中下矣。慎之，慎之。

凡事遇人接物，或下我幾等之人，即船家、馬夫類，倘有觸忤我處，必要持重忍耐一分。他有不是，定然説到心服，如自見有理，或度其不敢驟發。太甚便無意趣。倘有一時驟發處，即要緩言收羅，不可趁興過當。此我親身體驗者，以勗汝輩，不可不心銘之。

夫正論大義，可曉諭于端人。宵壬狼暴，頑不可開，不必屑屑計較。余一生受人屈辱，或瀕危數四，心豈能忘？然不得不忍。大率事未至，則宜慎；既至，反宜寬。易：處坎地，必在心亨。至言至言。

戒言

一生順境之人，世不多有。余常以此遺訾，得全餘生。處患難，非癡撻不可。大概以寬心忍耐爲生。

對聯

對鏡堪憐貌
臨文自惜才獄中吟

月色增輝，會見團圞之景
燈光遠照，預占豐稔之年雪冤後值燈節

隅海日月近
曠野風雲翔老宅大門

下帷誰工三策對
過庭自喜一經傳

小閣翻奇帙
清齋謝雜賓

萬卷茫茫，待從頭作何課業
寸陰苒苒，纔轉眼又是科期

春酒釀從天乳，介朋壽以百觴
夜檠光映奎躔，友高賢於千載二親雙壽

五色朝霞飛竹素
百觴春酒佐萊斑

簷前秀色椿萱競
花裏歌聲日月長

北闕瞻雲現
東溟看日升建城宅榜大門

雪月風花作侶
父子兄弟相師課猶子

六年不試堪藏拙
一枝何能可致身連丁内外艱不得計偕

偃月一鈎，堪壯天人浩氣
春秋半部，爰司今古文衡火神廟　關帝祠中

山水開圖畫
松楸起慕思龍華墓室

檫採偶加于下里
蘋蘩聊薦乎上公宴靖江邑尊

一官儘擬蘇湖近
片席高談滄海間靖江官署

世業本爲儒者事
君恩初授廣文銜
敢因一命渝初念
自顧前人有世箴

半壑一丘成小築
長風巨浪任高摶衙中建小樓

輦轂下清警微銜，三尺凜持，猶仰體高天好生德意
稟受來朴忠一點，四知矢慎，更深憐南郭入井疲民代靖江邑尊

附録一

送陸子襟玄之父任

屠　隆赤水

陸子名明揚，上海人。高才誨妒，曩予識之圜扉中，已廿載矣。適遇於武林道次，相與上下古今爲之一快。其尊人豫門翁仕閩，陸子從此往覲焉，詩以送之。

寶劍豐城合有神，斗間望氣自嶙峋。萬言不獨生前事，六尺猶存難後身。但自深心遊竹素，何妨矯首出風塵。白雲千里趨庭日，好訪名山向七閩。

癸卯客閩聞陸襟玄奏捷南都喜而有作

聞道仙郎擢桂回，呼童連進客中杯。雲間終躍雙龍劍，吴下原稱八斗才。金粟香生蟾窟冷，玉珂聲動馬蹄催。布衣身貴緣詞賦，簪筆初從絳闕限。

附録二

松江府志

上海陸廣文明揚，字伯師。父爲諸生，常困踐更，邑令敖選又益之；抵語譙選，選恨之。父與族人楠有怨，楠聞縣官不平也，謀中之。楠之姻曹忿奪其奴妻，奴忿，自經死。楠使忿破奴顙，誣明揚行淫殺其夫也。明揚搒掠被五毒，父顧而嘆曰：「是以我故，欲先殺汝也。不承，死捶楚矣。」乃自誣服，坐棄市。選既入爲御史，明揚弟明允籲辨于臺司。楠懼，傳致明揚于青浦獄，絶其食，將殺之。明允棄儒藝圃，以事父母，居三日則負糗脯走百里視其兄獄中者三年。屠公隆夜行獄，聞有讀書者，詢知爲明揚，察其寃，訊得忿、楠合謀狀，又試明揚文，援筆立就，隆益奇之，乃平反上府。知府閻邦寧以選在臺中，格不行。隆遣小吏饋食獄中，以佐明揚讀。又申狀巡按御史曰：「隆聞宰百里者，民稱之曰父母，豈取毛鷙搏噬已耶！蓋需其教且養也。民之貧者養之，其不率者教之，教之不改而後誅之。然子羔之刖人也，愀乎其不忍焉。伏見前上海令敖選蒞治五年，麗大辟者七十餘人，令其人而無寃乎，於父母訓率之道何？居且安，必其不濫也。請以選所決獄得覆讞。」御史從之，獲原者甚衆，明揚亦得釋。後二十年舉鄉薦，爲靖江教諭。修德爲善，常請蠲鹽丁，贍貧竈，改漕粟，正土宜，邑人稱之。明允子起龍、孫鳴珂咸仕于世。

附録三

上海縣志

陸明揚，字伯師。父〔一〕爲諸生，久困踐更，以語譙邑令敖選，選銜之。會明揚父柝與族人楠有隙，楠因姻家曹忩奪奴妻事，誣明揚同謀殺其夫。明揚被拷，竟誣服。揚弟明允籲辨臺司，楠懼，謀遷明揚於青浦獄，欲庾死之。明允棄儒藝圃，以事父母，居三日則負糗脯走百里視其兄獄中者三年。屠公隆夜行獄，聞明揚讀書聲，察其寃，申狀直指覆讞之，得釋。後舉鄉薦，爲靖江教諭。明允子起龍，壬子舉人，宰永寧，有惠政，祀名宦。孫鳴珂，順治乙未進士。

〔一〕「父」，原脱，據前卷五蒙寃略記、嘉慶松江府志卷五四等補。

附録四

靖江縣志

陸先生明揚，字襟[一]玄，上海人，起家舉人。萬曆四十二年來署學事。爲人表裏洞達，熟諳典故。初涖任，首定先賢位，次籍祭器，修頹垣，以形家言改文廟前去水之在坤者于丙，冀以興起人文，諸所修葺即欲速觀其成。乙卯秋，忽卒于官。

〔一〕「襟」，原訛「稽」。又，襟玄，其號。

附録五

陸襟玄先生傳

陸襟玄先生者，名明揚，字伯師，世爲上海人。其從祖翰林學士諱深者，以文翰聞正、嘉間。先生少穎敏好學，有文名。父爲諸生，性亢直。邑令敖選者，故酷吏，好以深文入人罪。先生父嘗困踐更，選又附益焉。抵語譙選，選恨刺骨，未有以中也。父與族人楠有怨，楠聞縣官不平也，喜曰：「可以報東門之役矣。」又謀曰：「若子能文章，殺父而存子，是貽戚也。去疾務盡，必殺其子，則巢卵盡矣。」上海俗嚚訟，訟必以殺人誣人，不直則坐狴犴死，即幸直，家且盡破壞。而自張居正以來，其殘酷吏多得入爲御史給事中。選天性故刻薄，又欲趨時政也，獄成必殺數人，而逢選者亦日以殺人爲贄，謂「且得縣官心」。楠之姻曹忩者奪其奴妻，奴忿自經死。楠使忩破奴顱額而亟告變，誣先生行淫泆因殺其夫也。選見先生父子名，且怒且大喜，移簿案責。先生方十七，不知所置對。榜略備五毒，父顧而歎曰：「是以吾而累若也。不承，死箠楚矣。」姑誣服。巡按御史疑之，下青浦獄覆讞。先生之弟明允，負糗脯徒步百里納饘粥者三年。青浦令屠隆夜行獄，聞有讀書者，異而跡之，則先生也。隆曰：「何纍囚而志不屈哉？其寃獄與？」退而假寐，夢二陸登堂長揖。晨興，先生父子篋輿匍匐前。隆撫然曰：「斯二陸者徵耶？」訊治姦人，姦人皆具伏。隆復以文試先生，跽塗階，奮筆萬言立就。隆益奇之，乃平反。姦人復讒於知府閻邦寧。邦寧治術故與敖選等，選又入爲御史，邦寧思媚之，格不下。隆遣小吏饋食獄中，以佐先生讀，久之竟得釋。又二十年，舉鄉薦，爲靖江教諭。先生出幽囚，得列搢紳。益務修德爲善行，居鄉嘗請蠲鹽丁，贍貧竈，改漕粟，正土宜。其在靖江，嚴序貢，使富者不得躐貧者。貧士某不顧其妻，責而歸之。兩邑能道其績。以疾卒于官。先生登賢書時，父先爲浦城丞，屠隆聞而喜曰：「是曾參不殺人之報也！」賦詩以贈焉。隆能文，多惠政，有盛名，傳於後。

范彤弧曰：古以學行著者爲臺諫，不專主角噬也明。寄之以鷹鸇之任，必郡李縣吏高第者乃得居是官。夫牧民仁職也，而懸搏擊之官爲的，安得不習爲殘酷哉！以殺人爲風裁，掊克爲幹濟，而圜扉濫矣。先生之寃獄多與盧柟同，然柟傲以得愆，先生善而受禍，尤不幸矣。敖選雖擢御史，竟死無後；先生兄弟、祖孫令德顯融者弗絶。天道無親，常與善人，爲酷吏者鏡諸。

邑人范彤弧撰

附録六

陸學博先生傳

陸學博先生諱明揚，字伯師，别號襟玄，上海人。才識英敏，自少有志當世之務。仇家嫉害其能，誣以殺人，生棄市，按使者疑之，下青浦獄覆讞。身攖木索而讀書不輟，東西行聞者咸爲泣下。青浦令屠公隆一日微行，聞獄中書聲，大驚，召試以文，立奏數千言，益異之，於是力爲平反。先生既得白，益發憤爲學，然又二十年登萬曆癸卯鄉試，又十年教諭靖江。居官踰年，尋卒。嗚呼憊矣！先生之學，單心六籍，表裏咸貫，爲文深微而有度，與其同邑徐文定公光啓共研席有聲，特以艱於一第，不獲大鳴于時。所著有紫薇堂稿八卷，又有五經輯要、周易繫辭正義等書，多精微之言。生平雅以經濟自負，而格於位，限於年，故所施亦不及遠。郡邑大夫有所興革及疑事，必造膝諮詢。里人有争言，亦必質成於先生。先生見事明，善談議，是非成敗言下劃然，雖造次數語，無不洞悉機要，舉而行之，鮮弗當者。至若拯人之厄，雖蹈湯火不恤也。上海地埠不宜稻梁，而歲漕十三萬石，閭左日蹙。先生慨然疏請改折。海濱多竈户，令甲每竈歲輸丁課若干，特復其田徭銀若干。自灘蕩失利，竈户輸課爲艱，私棄田廬於富人而遁。於是所復徭銀爲富家竊冒，而丁課則積逋無筭矣。鹽司日誅責總催，總催破箸鬻子而積逋終無以償，公私兩疾。先生建議請鹽司末減丁課，而有司槩征田徭以補課額，名曰包補，迄今賴之。其在靖江，席不及煖，正先賢位，籍祭器，修文廟，鑿渠於學宫之南，引泮水以達江流，刻期觀成。獎掖士類，日有課，月有程，常若不足，多士感奮。有朱生者，落魄，不顧其妻，時當序貢，妻出控有司，陪貢某遂冀躐等，以私干先生。先生峻拒之，乃判朱生貢坊所給半以贍婦而全其名，士論韙焉。先生有經世才而不獲大展，所僅見于兩邑者如此。正、嘉間翰林學士文裕公深，其從祖也。父諱析，字時豫，邑名士，嘗任浦城丞，有惠政。先生事親孝，與弟封君某有田荆、姜被之風，郡邑人咸稱慕之。撫教從子起龍爲名孝廉，仕永寧令；永寧令撫教先生遺孤起城，起城嗜學能文。

論曰：方今居得爲之地者，恒乏可見之才；間有之，又率搏噬之能，蒼生所由日瘵也。若學博先生者，其膏雨之具耶？詩云：「芃芃黍苗，陰雨膏之。四國有王，郇伯勞之。」夫陰雨有潤物之功，而大賢無郇伯之任，天下亦安賴焉？予故重嘆其才之不竟用，以著於篇。

由拳李世裕撰

紫薇堂遺稿後刊

先世父襟玄公，學富五車，才經百練，窮愁不足介其懷，坎坷不能抑其鋭。生平著作多不屬草，偶簡遺編僅存什一于千百。或關切于桑梓之利弊，或激烈于情性之迫切，或興發于浩歌，或感深于遲暮。不肖龍讀之而不忍竟云。

猶子起龍謹識

大父學博公殁於靖江署中，一切古今載籍及著述等書俱已散佚。吾父中年與兩世父哀集紫薇堂遺稿，得稍備於隨庵公鐫者，則吾父與兩世父孺慕之誠實寄於此。屈指計之，兩世父長逝後，吾父辭世，倏又一十四載，而所輯遺稿半爲蠹魚所飽，每一展卷，心竊傷之。今歲丙戌，譽兒迎養，日長無事，不畏手顫，自初夏至季秋重録是帙。噫！學博公一生懿行詳於府、縣志暨本傳、年譜，雖不藉文集而始彰也，然集中包補、濬河諸記，改折、防禦諸議，爲國課生民計，尤篤摯深切，倘後起者壽諸棗梨，則學博公德業文章，益昭然於天下後世矣。

九月九日孫鳴虞謹識